U0079189

雅典文化

雅典日研所/企編

日語 MP3
附50音發音表

自我介紹
必備手冊

能用流暢的日文自我介紹，
建立完美第一印象★★★

初見面時要如何開口自我介紹？
本書配合各種情境，
介紹最適切的自我介紹句子。

50音基本發音表

清音
●track 002

a ㄚ		i ―		u ㄨ		e ㄝ		o ㄡ	
あ	ア	い	イ	う	ウ	え	エ	お	オ
ka ㄎㄚ		ki ㄎ―		ku ㄎㄨ		ke ㄎㄝ		ko ㄎㄡ	
か	カ	き	キ	く	ク	け	ケ	こ	コ
sa ㄙㄚ		shi ㄒ		su ㄙ		se ㄙㄝ		so ㄙㄡ	
さ	サ	し	シ	す	ス	せ	セ	そ	ソ
ta ㄊㄚ		chi ㄑ―		tsu ㄘ		te ㄊㄝ		to ㄊㄡ	
た	タ	ち	チ	つ	ツ	て	テ	と	ト
na ㄋㄚ		ni ㄋ―		nu ㄋㄨ		ne ㄋㄝ		no ㄋㄡ	
な	ナ	に	ニ	ぬ	ヌ	ね	ネ	の	ノ
ha ㄏㄚ		hi ㄏ―		fu ㄈㄨ		he ㄏㄝ		ho ㄏㄡ	
は	ハ	ひ	ヒ	ふ	フ	へ	ヘ	ほ	ホ
ma ㄇㄚ		mi ㄇ―		mu ㄇㄨ		me ㄇㄝ		mo ㄇㄡ	
ま	マ	み	ミ	む	ム	め	メ	も	モ
ya ―ㄚ				yu ―ㄩ				yo ―ㄡ	
や	ヤ			ゆ	ユ			よ	ヨ
ra ㄌㄚ		ri ㄌ―		ru ㄌㄨ		re ㄌㄝ		ro ㄌㄡ	
ら	ラ	り	リ	る	ル	れ	レ	ろ	ロ
wa ㄨㄚ				o ㄡ				n ㄣ	
わ	ワ			を	ヲ			ん	ン

濁音
●track 003

ga ㄍㄚ		gi ㄍ―		gu ㄍㄨ		ge ㄍㄝ		go ㄍㄡ	
が	ガ	ぎ	ギ	ぐ	グ	げ	ゲ	ご	ゴ
za ㄗㄚ		ji ㄐ―		zu ㄗ		ze ㄗㄝ		zo ㄗㄡ	
ざ	ザ	じ	ジ	ず	ズ	ぜ	ゼ	ぞ	ゾ
da ㄉㄚ		ji ㄐ―		zu ㄗ		de ㄉㄝ		do ㄉㄡ	
だ	ダ	ぢ	ヂ	づ	ヅ	で	デ	ど	ド
ba ㄅㄚ		bi ㄅ―		bu ㄅㄨ		be ㄅㄟ		bo ㄅㄡ	
ば	バ	び	ビ	ぶ	ブ	べ	ベ	ぼ	ボ
pa ㄆㄚ		pi ㄆ―		pu ㄆㄨ		pe ㄆㄝ		po ㄆㄡ	
ぱ	パ	ぴ	ピ	ぷ	プ	ぺ	ペ	ぽ	ポ

kya ㄎㄧㄚ	kyu ㄎㄧㄩ	kyo ㄎㄧㄡ
きゃ キャ	きゅ キュ	きょ キョ
sha ㄒㄧㄚ	shu ㄒㄧㄩ	sho ㄒㄧㄡ
しゃ シャ	しゅ シュ	しょ ショ
cha ㄑㄧㄚ	chu ㄑㄧㄩ	cho ㄑㄧㄡ
ちゃ チャ	ちゅ チュ	ちょ チョ
nya ㄋㄧㄚ	nyu ㄋㄧㄩ	nyo ㄋㄧㄡ
にゃ ニャ	にゅ ニュ	にょ ニョ
hya ㄏㄧㄚ	hyu ㄏㄧㄩ	hyo ㄏㄧㄡ
ひゃ ヒャ	ひゅ ヒュ	ひょ ヒョ
mya ㄇㄧㄚ	myu ㄇㄧㄩ	myo ㄇㄧㄡ
みゃ ミャ	みゅ ミュ	みょ ミョ
rya ㄌㄧㄚ	ryu ㄌㄧㄩ	ryo ㄌㄧㄡ
りゃ リャ	りゅ リュ	りょ リョ

gya ㄍㄧㄚ	gyu ㄍㄧㄩ	gyo ㄍㄧㄡ
ぎゃ ギャ	ぎゅ ギュ	ぎょ ギョ
ja ㄐㄧㄚ	ju ㄐㄧㄩ	jo ㄐㄧㄡ
じゃ ジャ	じゅ ジュ	じょ ジョ
ja ㄐㄧㄚ	ju ㄐㄧㄩ	jo ㄐㄧㄡ
ぢゃ ヂャ	づゅ ヂュ	ぢょ ヂョ
bya ㄅㄧㄚ	byu ㄅㄧㄩ	byo ㄅㄧㄡ
びゃ ビャ	びゅ ビュ	びょ ビョ
pya ㄆㄧㄚ	pyu ㄆㄧㄩ	pyo ㄆㄧㄡ
ぴゃ ピャ	ぴゅ ピュ	ぴょ ピョ

● 平假名 　片假名

Chapter.02
職場篇

Chapter.03
學校篇

Chapter.04
興趣篇

Chapter.05
實戰範例篇—基本自我介紹

Chapter.08
實戰範例篇－實習

Chapter.09
實戰範例篇－入學面試

CHAPTER.01

暖身篇

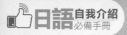

 問候

實用短句

おはようございます。
o.ha.yo.u./go.za.i.ma.su.
早安。

こんにちは。
ko.n.ni.chi.wa.
你好。（用於早、晚的問候之外）

こんばんは。
ko.n.ba.n.wa.
晚安。

はじめまして。
ha.ji.me.ma.shi.te.
初次見面。

以前からお目にかかりたいと思っていました。

i.ze.n.ka.ra./o.me.ni./ka.ka.ri.ta.i.to./o.mo.tte./i.ma.
shi.ta.

從以前就想拜訪您。

お名前はかねてから 承 っております。
o.na.ma.e.wa./ka.ne.te.ka.ra./u.ke.ta.ma.wa.tte./o.ri.
ma.su.

久仰大名。

妻 はいつも田中さんのことを 話 してい

ます。
tu.ma.wa./i.tsu.mo./ta.na.ka.sa.n.no.ko.to.o./ha.na.
shi.te./i.ma.su.

內人總是提到田中先生您的事。

いつも田中さんのことを 伺 っています。
i.tsu.mo./ta.na.ka.sa.n.no./ko.to.o./u.ka.ga.tte./i.ma.
su.

經常聽到和田中先生您相關的事情。

台 北へようこそ。
ta.i.pe.i.e./yo.u.ko.so.

歡迎來到台北

ようこそいらっしゃいました。
yo.u.ko.so./i.ra.ssha.i.ma.shi.ta.
歡迎。

よくいらっしゃいました。
yo.ku./i.ra.ssha.i.ma.shi.ta.
歡迎。

名刺をどうぞ。
me.i.shi.o./do.u.zo.
這是我的名片。

いつもお世話になっております。
i.tsu.mo./o.se.wa.ni./na.tte.o.ri.ma.su.
一直承蒙您照顧。

私は田中さんの同僚の陳太郎と申します。
wa.ta.shi.wa./ta.na.ka./sa.n.no./do.u.ryo.u.no./chi.n.ta.ro.u.to./mo.u.shi.ma.su.
我是田中的同事，我叫陳太郎。

申し遅れましたが、私 陳太郎と申します。
mo.u.shi./o.ku.re.ma.shi.ta.ga./wa.ta.shi./chi.n.ta.ro.u.to../mo.u.shi.ma.su.

自我介紹晚了，我叫陳太郎。

ごあいさつが後になり、失礼しました。
go.a.i.sa.tsu.ga./a.to.ni./na.ri./shi.tsu.re.i./shi.ma.shi.ta.

太晚和大家打招呼，真的很抱歉。

ただ今、ご紹介に預かりました陳太郎でございます。
ta.da.i.ma./go.sho.u.ka.i.ni./a.zu.ka.ri.ma.shi.ta./chi.n.ta.ro.u.de./go.za.i.ma.su.

我是剛剛被介紹的陳太郎。

課長からご紹介いただいた陳太郎です。
ka.cho.u.ka.ra./go.sho.u.ka.i./i.ta.da.i.ta./chi.n.ta.ro.u./de.su.

我是課長所說的陳太郎

結尾問候

實用短句

お会いできて嬉しいです。
o.a.i.de.ki.te./u.re.shi.i.de.su.

很高興見到你(們)。

お目にかかれて光栄です。
o.me.ni.ka.ka.re.te./ko.u.e.i.de.su.

很榮幸見到你(們)。

またお会いしたいですね。
ma.ta./o.a.i.shi.ta.i.de.su.ne.

希望能再見面。

機会があれば、またお会いしましょう。
ki.ka.i.ga./a.re.ba./ma.ta./o.a.i.shi.ma.sho.u.

希望有機會能再見面。

必ずお伺いします。
ka.na.ra.zu./o.u.ka.ga.i.shi.ma.su.

下次一定前往拜訪。

これからもよろしくお願いします。
ko.re.ka.ra.mo./yo.ro.shi.ku./o.ne.ga.i.shi.ma.su.
今後也請多多指教。

どうぞよろしくお願いします。
do.u.zo./yo.ro.shi.ku./o.ne.ga.i.shi.ma.su.
請多多指教。

どうぞよろしくお願い申し上げます。
do.u.zo./yo.ro.shi.ku./o.ne.ga.i./mo.u.shi.a.ge.ma.su.
請多多指教。

どうぞよろしくお願い致します。
do.u.zo./yo.ro.shi.ku./o.ne.ga.i./i.ta.shi.ma.us.
請多多指教。

何とぞ宜しくお願い申し上げます。
na.ni.to.zo./yo.ro.shi.ku./o.ne.ga.i./mo.shi.a.ge.
ma.su.
請多多指教。

今後ともどうぞ、よろしくお願い申し上
げます。
ko.n.go.to.mo./do.u.zo./yo.ro.shi.ku./o.ne.ga.i./
mo.u.shi.a.ge.ma.su.
今後也請多多指教。

今後ともご指導いただけますよう、よろ
しくお願い申し上げます。
ko.n.go.to.mo./go.shi.do.u./i.ta.da.ke.ma.su.yo.u./
yo.ro.shi.ku./o.ne.ga.i./mo.u.shi.a.ge.ma.su.
今後也請多多指教。

この次にまたお会いしましょう。
ko.no.tsu.gi.ni./ma.ta./o.a.i./shi.ma.sho.u.
下次再見。

こんなに長らくおじゃましまして申し訳
ありません。
ko.n.na.ni./na.ga.ra.ka.ku./o.ja.ma.shi.ma.shi.te./
o.u.shi.wa.ke./a.ri.ma.se.n.
耽誤您這麼長的時間，真不好意思。

お話する機会を得まして、大変嬉しく
存じます。
o.ha.na.shi.su.ru./ki.ka.i.o./e.ma.shi.te./ta.i.he.n./
u.re.shi.ku./zo.n.ji.ma.su.
很高興能有機會和你聊。

お招きいただきましてありがとうござい
ました。
o.ma.ne.ki./i.ta.da.ki.ma.shi.te./a.ri.ga.to.u./go.za.
i.ma.shi.ta.
謝謝你的邀請。

では失礼致します。
de.ha./shi.tsu.rei./i.ta.shi.ma.su.
我先告辭了。

それでは失礼いたします。
so.re.de.wa./shi.tsu.re.i./i.ta.shi.ma.su.
那我先告辭了。

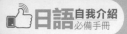

提出疑問

實用短句

ご家族は何人ですか。
go.ka.zo.ku.wa./na.n.ni.n.de.su.ka.

你家裡有幾個人呢？

何人家族ですか。
na.n.ni.n./ka.zo.ku./de.su.ka.

你家裡有幾個人呢？

お名前は何ですか。
o.na.ma.e.wa./na.n.de.su.ka.

請問大名是？

お名前はどのように書きますか。
o.na.ma.e.wa./do.no.yo.u.ni./ka.ki.ma.su.ka.

請問您的名字怎麼寫呢？

何の仕事をしてますか。
na.n.no./shi.go.to.o./shi.te.ma.su.ka.

請問你從事什麼工作？

どこにお住まいですか。
do.ko.ni./o.su.ma.i.de.su.ka.

請問你住在哪裡？

どちらにお住まいですか。
do.chi.ra.ni./o.su.ma.i.de.su.ka.

請問你住在哪裡？

出身はどちらですか。
shu.sshi.n.wa./do.chi.ra.de.su.ka.

請問你是在哪邊長大的？

メール教えてください。
me.e.ru./o.shi.e.te./ku.da.sa.i.

請告訴我電子郵件帳號。

電話番号を教えてください。
de.n.wa.ba.n.go.u.o./o.shi.e.te./ku.da.sa.i.

請告訴我電話號碼。

おいくつですか。

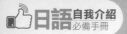

o.i.ku.tsu.de.su.ka.

請問你今年幾歲？

どちらにお勤めですか。
do.chi.ra.ni./o.tsu.to.me./de.su.ka.

請問你在哪裡工作？

何をなさっているのですか。
na.ni.o./na.sa.tte./i.ru.no./de.su.ka.

請問你的工作是什麼？

どういう関係のお仕事ですか。
do.u.i.u.ka.n.ke.i.no./o.shi.go.to./de.su.ka.

請問你是從事哪方面的工作？

ここでは長くお勤めですか。
ko.ko.de.wa./na.ga.ku./o.tsu.to.me.de.su.ka.

請問你在這裡工作很久了嗎？

ここでのあなたのご担当は何ですか。
ko.ko.de.no./a.na.ta.no./go.ta.n.nto.u.wa./na.n.de.
su.ka.

你在這公司負責什麼工作呢？

何<ruby>なん<rt></rt></ruby>とお呼<ruby>よ<rt></rt></ruby>びすればいいですか。
na.n.to./o.yo.bi.su.re.ba./i.i.de.su.ka.

該怎麼稱呼？

結婚<ruby>けっこん<rt></rt></ruby>はなさっていますか。
ke.kko.n.wa./na.sa.tte.i.ma.su.ka.

你結婚了嗎？

お子<ruby>こ<rt></rt></ruby>さんはいらっしゃいますか。
o.ko.sa.n.wa./i.ra.ssha.i.ma.su.ka.

有孩子嗎？

たいへん失礼<ruby>しつれい<rt></rt></ruby>ですが、お年<ruby>とし<rt></rt></ruby>を伺<ruby>うかが<rt></rt></ruby>っても

よろしいですか。
ta.i.he.n./shi.tsu.re.i./de.su.ga./o.to.shi.o./u.ka.ga.tte.
mo./yo.ro.shi.i./de.su.ka.

問這個問題可能很失禮，可以請問你的年紀嗎？

恐<ruby>おそ<rt></rt></ruby>れ入<ruby>い<rt></rt></ruby>りますが、もう一度<ruby>いちど<rt></rt></ruby>お名前<ruby>なまえ<rt></rt></ruby>を伺<ruby>うかが<rt></rt></ruby>

ってもよろしいでしょうか。
o.so.re./i.ri.ma.su.ga./mo.u./i.chi.do./o.na.ma.e.o./
u.ka.ga.tte.mo./yo.ro.shi.i./de.sho.u.ka.

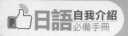
不好意思，可以再請教一次你的名字嗎？

最近読まれた本で、おもしろい本があり

ますか。

sa.i.ki.n./yo.ma.re.ta.ho.n.de./o.mo.shi.ro.i.ho.n.ga./

a.ri.ma.su.ka.

最近你讀過什麼比較有趣的書嗎？

どんなテレビ番組をご覧になりますか。

do.n.na./te.re.bi./ba.n.gu.mi.o./go.ra.n.ni./na.ri.

ma.su.ka.

你都看什麼樣的電視節目呢？

田中さんのお知り合いですか。

ta.na.ka.sa.n.no./o.shi.ri.a.i./de.su.ka.

你是田中先生的朋友嗎？

お休みの日はどんな事をなさいますか。

o.ya.su.mi.no.hi.wa./do.n.na./ko.to.o./na.sa.i.ma.

su.ka.

你假日都做些什麼事？

Track-C1-4

說出姓名

實戰會話

こんにちは。
ko.n.ni.chi.wa.
你好。/大家好。

<ruby>私<rt>わたし</rt></ruby> は<ruby>陳太郎<rt>ちんたろう</rt></ruby>といいます。
wa.ta.shi.wa./chi.n.ta.ro.u.to./i.i.ma.su.
我叫陳太郎。

<ruby>台湾<rt>たいわん</rt></ruby>に<ruby>住<rt>す</rt></ruby>んでいる25<ruby>歳<rt>さい</rt></ruby>です。
ta.i.wa.n.ni./su.n.de.i.ru./ni.ju.u.go.sa.i.de.su.
住在台北，今年25歲。

<ruby>毎日日本語<rt>まいにちにほんご</rt></ruby>を<ruby>勉強<rt>べんきょう</rt></ruby>しています。
ma.i.ni.chi./ni.ho.n.go.o./be.n.kyo.u.shi.te./
i.ma.su.
我每天都在學習日語。

よろしくお<ruby>願<rt>ねが</rt></ruby>いします。
yo.ro.shi.ku./o.ne.ga.i.shi.ma.su.
請多多指教

實用短句

私　は陳太郎です。
wa.ta.shi.wa./chi.n.ta.ro.u.de.su.

我是陳太郎。

私　は陳太郎といいます。
wa.ta.shi.wa./chi.n.ta.ro.u.to./i.i.ma.su.

我的名字是陳太郎。

私　は陳太郎と申します。
wa.ta.shi.wa./chi.n.ta.ro.u.to./mo.u.shi.ma.su.

我的名字是陳太郎。

タローと呼んで下さい。
ta.ro.o.to./yo.n.de.ku.da.sa.i.

請叫我太郎。

私　は陳太郎です。タローと呼んでくだ

さい。
a.ta.shi.wa./chi.n.ta.ro.u.de.su./ta.ro.u.to./yo.n.de.
ku.da.sa.i.

我是陳太郎。請叫我太郎。

名前はタローといいます。
na.ma.e.wa./ta.ro.u.to./i.i.ma.su.

我的名字是太郎。

営業担当の陳です。
e.i.gyo.u.ta.n.to.u.no./chi.n.de.su.

我姓陳，負責業務。

友達にタローと呼ばれています。
to.mo.da.chi.ni./ta.ro.o.to./yo.ba.re.te.i.ma.su.

朋友都叫我太郎。

総務課の陳太郎と申します。
so.u.mu.ka.no./chi.n.ta.ro.u.to./mo.u.shi.ma.su.

我是總務部的陳太郎。

総務部に配属になりました陳太朗と申し

ます。
so.u.mu.bu.ni./ha.i.zo.ku.ni./na.ri.ma.shi.ta./chi.n.ta.
ro.u.to./mo.u.shi.ma.su.

我是隸屬總務部的陳太郎。

陳です。
chi.n.de.su.

我姓陳。

運命と書いてサダメと読みます。
u.n.me.i.to./ka.i.te./sa.da.me.to./yo.mi.ma.su.

(名字)寫成「運命」兩字，念成sadame。

課長からご紹介いただいた陳太郎です。
ka.cho.u.kra.ra./go.sho.u.ka.i./i.ta.da.i.ta./chi.n.ta.ro.u.de.su.

我是課長所說的陳太郎。

私は田中さんの同僚の陳太郎と申します。
wa.ta.shi.wa./ta.na.ka.sa.n.no./do.u.ryo.u.no./chi.n.ta.ro.u.to./mo.u.shi.ma.su.

我是田中先生的同事陳太郎。

Track-C1-5

年紀、生日

實戰會話

みなさん、こんにちは。
mi.na.sa.n./ko.n.ni.ch.wa.
大家好。

私 は、陳太郎です。
wa.ta.shi.wa./chi.n.ta.ro.u.de.su.
我叫陳太郎。

誕 生 日は、4月3日で、12歳です。
ta.n.jo.u.bi.wa./shi.ga.tsu./mi.kka.de./ju.u.ni.sa.i.de.su.
生日是4月3日，今年12歲。

本を読むことが好きで、特に、物 語が大好きです。
ho.n.o./yo.mu.ko.to.ga./su.ki.de./to.ku.ni./mo.no.ga.ta.ri.ga./da.i.su.ki.de.su.

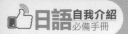

我喜歡看書，尤其是童話。

たくさん本を読むので、国語が
得意です。

ta.ku.sa.n.ho.n.o./yo.mu.no.de./ko.ku.go.ga./
to.ku.i.de.su.

因為讀過很多書，所以我最擅長的科目是國
語。

實用短句

私 は20歳です。
wa.ta.shi.wa./ha.ta.chi.de.su.

我20歲了。

私 の誕生日は、4月3日です。
wa.ta.shi.no./ta.n.jo.u.bi.wa./shi.ga.tsu./mi.kka.
de.su.

我的生日是4月3日。

私 は1986年に生まれました。
wa.ta.shi.wa./se.n.kyu.u.hya.ku./ha.chi.ju.u.ro.ku.ne.
n.ni./u.ma.re.ma.shi.ta.

我是1986年生的。

年齢のことは話したくないんですが…。
ne.n.re.i.no./ko.to.wa./ha.na.shi.ta.ku.na.i.n.de.
su.ga.
我不想透露年齡。

数日前に30歳の誕生日を迎えました。
su.u.ji.tsu.ma.e.ni./sa.n.ju.u.sa..i.no./ta.n.jo.u.bi.o./
mu.ka.e.ma.shi.ta.
我前幾天過了30歲生日。

奇遇ですね。私の誕生日も2月16日で
す。
ki.gu.u.de.su.ne./wa.ta.shi.no./ta.n.jo.u.bi.mo./ni.ga.
tsu./ju.u.ro.ku.ni.chi.de.su.
真巧，我也是2月16日生的。

私はねずみ年の生まれです。
wa.ta.shi.wa./ne.zu.mi.do.shi.no./u.ma.re.de.su.
我是屬鼠的。

昭和54年生まれです。西暦だと1979年で

す。
sho.u.wa./go.ju.u.yo.n.ne.n.u.ma.re.de.su./se.i.re.
ki.da.to./se.n.kyu.hya.ku.na.na.ju.u.kyu.u.ne.n.de.su.
昭和54年生的，等於是西元1979年。

今年で25になりますが、今のところまだ
24歳です。
ko.to.shi.de./ni.ju.u.go.ni./na.ri.ma.su.ga./i.ma.no.to.
ko.ro.ma.da./ni.ju.u.yo.n.sa.i.de.su.
今年就要滿25了，但在還是24歲。

8月の生まれです。
ha.chi.ga.tsu.no./u.ma.re.de.su.
我是8月出生的。

そろそろ23歳になります。
so.ro.so.ro./ni.ju.u.sa.n.sa.i.ni./na.ri.ma.su.
我快要滿23歲了。

生日血型星座

實戰會話

こんにちは
ko.n.ni.chi.wa.
大家好。

私の名前は陳太郎です。
わたし　なまえ　ちんたろう
wa.ta.shi.no./na.ma.e.wa./chi.n.ta.ro.u.de.su.
我的名字是陳太郎。

私は30歳です。
わたし　さい
wa.ta.shi.wa./sa.n.ju.u.sa.i.de.su.
我今年30歲。

誕生日は11月22日です。
たんじょうび　がつ　にち
ta.n.jo.u.bi.wa./ju.u.i.chi.ga.tsu./ni.ju.u.ni.ni.chi.
de.su.
生日是11月22日。

さそり座のB型です。
ざ　がた
sa.so.ri.za.no./b.ga.ta.de.su.
天蠍座B型

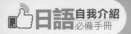

たいわんしゅっしん
台湾出身です。
ta.i.wa.n.shu.sshi.n.de.su.
我來自台灣。

しゅみ　　やきゅう　　　　こども
趣味は野球で、子供のころから
やきゅう
野球をしていました。
shu.mi.wa./ya.kyu.u.de./ko.do.mo.no.ko.ro.
ka.ra./ya.kyu.u.o/shi.te.i.ma.shi.ta.
興趣是打棒球，從小就開始了。

實用短句

　　わたし　　　けつえきがた　　　がた
（私の）血液型はA型です。
wa.ta.shi.no./ke.tsu.e.ki.ga.ta.wa./a.ga.ta.de.su.
（我的）血型是A型。

　　わたし　　　けつえきがた　　　がた
（私の）血液型はB型です。
wa.ta.shi.no./ke.tsu.e.ki.ga.ta.wa./b.ga.ta.de.su.
（我的）血型是B型。

　　わたし　　　けつえきがた　　　がた
（私の）血液型はO型です。
wa.ta.shi.no./ke.tsu.e.ki.ga.ta.wa./o.ga.ta.de.su.
（我的）血型是O型。

（私 の）血液型はAB型です。
wa.ta.shi.no./ke.tsu.e.ki.ga.ta.wa./a.b.ga.ta.de.su.
（我的）血型是AB型。

おひつじ座です。
o.hi.tsu.ji.za.de.su.
（我是）牧羊座。

おうし座です。
o.u.shi.za.de.su.
（我是）金牛座。

ふたご座です。
fu.ta.go.za.de.su.
（我是）雙子座。

かに座です。
ka.ni.za.de.su.
（我是）巨蟹座。

しし座です。

shi.shi.za.de.su.
（我是）獅子座。

おとめ座^ざです。
o.to.me.za.de.su.
（我是）處女座。

てんびん座^ざです。
te.n.pi.n.za.de.su.
（我是）天秤座。

さそり座^ざです。
sa.so.ri.za.de.su.
（我是）天蠍座。

いて座^ざです。
i.te.za.de.su.
（我是）射手座。

やぎ座^ざです。
ya.gi.za.de.su.
（我是）摩蠍座。

みずがめ座です。
mi.zu.ga.me.za.de.su.

（我是）水瓶座。

うお座です。
u.o.za.de.su.

（我是）雙魚座。

私は10月生まれでてんびん座です。
wa.ta.shi.wa./ju.u.ga.tsu./u.ma.re.de./te.n.bi.n.za./
de.su.

我是10月生天秤座。

ポジティブなO型です。
po.ji.ti.bu.na./o./ga.ta./de.su.

（我是）開朗的O型。

おうし座でA型です。
o.u.shi.za.de./e.ga.ta./de.su.

我是金牛座A型。

國籍、居住地、出生地

實戰會話

こんにちは。
ko.n.ni.chi.wa.
大家好。

私 は陳太郎といいます。
wa.ta.shi.wa./chi.n.ta.ro.u.to./i.i.ma.su.
我叫陳太郎。

台湾の台中市に住んでいます。
ta.i.wa.n.no./ta.i.chu.u.n.shi.ni./su.n.de.i.ma.
su.
住在台灣台中市。

会社員です。
ka.i.sha.i.n.de.su.
我是上班族。

日本料理がとても好きです。
ni.ho.n.ryo.u.ri.ga./to.te.mo./su.ki.de.su.
我很喜歡日本料理。

今後ともよろしくお願いします。

ko.n.go.to.mo./yo.ro.shi.ku./o.ne.ga.i.shi.

ma.su.

今後也請多多指教。

實用短句

私は台湾から来ました。

wa.ta.shi.wa./ta.i.wa.n.ka.ra.ki.ma.shi.ta.

我來自台灣。

出身は台中市です。

shu.sshi.n.wa./ta.i.chu.n.shi.de.su.

是在台中市長大的。

私は東京で暮らしています。

wa.ta.shi.wa./to.u.kyo.u.de./ku.ra.shi.te.i.ma.su.

現在住在東京。

私は観光旅行に来ました。

wa.ta.shi.wa./ka.n.ko.u.ryo.ko.u.ni./ki.ma.shi.ta.

我是來觀光的。

日本は初めてです。
ni.ho.n.wa./ha.ji.me.te.de.su.

這是第一次到日本。

静かなところです。
shi.zu.ka.na.to./ko.ro.de.su.

安靜的地方。

賑やかなところです。
ni.gi.ya.ka.na./to.ko.ro.de.su.

熱鬧的地方。

大阪と似ている街の雰囲気。
o.o.sa.ka.to./ni.te.i.ru./ma.chi.no.fu.n.i.ki.

街道的感覺很像大阪。

私は台北に住んでいます。
wa.ta.shi.wa./ta.i.pe.i.ni./su.n.de.i.ma.su.

我住在台北。

台北で生まれました。
ta.i.pe.i.de./u.ma.re.ma.shi.ta.

在台北出生。

台北<ruby>た<rt></rt></ruby>で育ちました。
ta.i.pe.i.de./so.da.chi.ma.shi.ta.

在台北長大。

私は台湾人です。
wa.ta.shi.wa./ta.i.wa.n.ji.n.de.su.

我是台灣人。

私は台湾出身です。
wa.ta.shi.wa./ta.i.wa.n.shu.sshi.n.de.su.

我是台灣人。/我在台灣出生。

実家は台中市です。
ji.kka.wa./ta.i.chu.n.shi.de.su.

老家在台中市。

私は台中市に住んでいます。
wa.ta.shi.wa./ta.i.chu.n.shi.ni./su.n.de.i.ma.su.

我住在台中市。

台湾の台北で生まれました。

ta.i.wa.n.no./ta.i.pe.i.de./u.ma.re.ma.shi.ta.

在台灣的台北出生。

私 はそこに15歳までしかいませんでしたが、ふるさとだと思っています。
wa.ta.shi.wa./so.ko.ni./ju.u.go.sa.i.ma.de./shi.ka./i.ma.se.n.de.shi.ta.ga./fu.ru.sa.to.da.to./o.mo.tte.i.ma.su.

雖然我只在那裡住到15歲，但心裡認定它是我的故鄉。

妻は台湾の高雄の出身です。
tsu.ma.wa./ta.i.wa.n.no./ta.ka.o.no./shu.sshi.n.de.su.

內人是台灣的高雄人。

生まれも育ちも台北です。
u.ma.re.mo./so.da.chi.mo./ta.i.pe.i.de.su.

我在台北出生、長大。

生まれは高雄なんですが、育ったのは台北です。
u.ma.re.wa./ta.ka.o.na.n.de.su.ga./so.da.tta.no.wa./

ta.i.pe.i.de.su.

我在高雄出生，但在台北長大。

台南は有名な古都で、とても綺麗なとこ

ろです。
ta.i.na.n.wa./yu.u.mje.i.na./ko.to.de./to.te.mo./ki.re.

i.na./to.ko.ro.de.su.

台南是有名的古都，是個十分漂亮的地方。

私は花蓮の出身です。
wa.ta.shi.wa../ka.re.n.no./shu.sshi.n.de.su.

我來自花蓮。

花蓮というと太魯閣が有名です。
ka.re.n.to.i.u.to./ta.ro.ko.ga./yu.u.me.i.de.su.

提到花蓮，大家都會想到太魯閣。

成長過程

實戰會話

こんにちは
ko.n.ni.chi.wa.
大家好。

私の名前は陳太郎です。
wa.ta.shi.no./na.ma.e.wa./chi.n.ta.ro.u.de.su.
我的名字叫陳太郎。

30歳です。
sa.n.ju.u.sa.i.de.su.
今年30歲。

台湾出身です。
ta.i.wa.n.shu.sshi.n.de.su.
我是台灣人。

趣味はサッカーで、子供のころか

らサッカーをやっていました。
shu.mi.wa./sa.kka.a.de./ko.do.mo.no.ko.ro.

ka.ra./sa.kka.a.o./ya.tte.i.ma.shi.ta.
興趣是踢足球。從小就開始踢了。

好きな食べ物はハンバーグです。
su.ki.na./ta.be.mo.no.wa./ha.n.ba.a.gu.de.su.
最喜歡的食物是漢堡排。

實用短句

子供の頃 全く田舎の小さな村に住んで

いました。
ko.do.mo.no.ko.ro./ma.tta.ku./i.na.ka.no./chi.i.sa.
na.mu.ra.ni./su.n.de.i.ma.shi.ta.

小時候住在非常鄉下的地方。

昆虫や魚捕りに駆けまわったりしてい

ました。
ko.n.chu.u.ya./sa.ka.na.to.ri.ni./ka.ke.ma.wa.tta.ri./
shi.te.i.ma.shi.ta.

總是到處跑，去採集昆蟲和抓魚。

学校の成績はいつも普通以上でした。
ga.kko.u.no./se.i.se.ki.wa./i.tsu.mo./fu.tsu.u.i.jo.u./

de.shi.ta.
學校的成績是中上。

いちにちじゅう そと あそ　　　　　　　　 ま　くろ
一 日 中 外 で 遊 ん で い た の で 、 真 っ黒 に
ひや
日 焼 け し て い た も の で す 。
i.chi.ni.chi.ju.u./so.to.de./a.so.n.de.i.ta.no.de./
ma.kku.ro.ni./hi.ya.ke./shi.te.i.ta./mo.no.de.su.
因為整天在外面玩，所以晒得黝黑。

わたし　　　　　　　　　　　こ　　　　　　　　　　　 りょうしん
私 は わ ん ぱ く な 子 だ っ た の で 、 両 親 に
　　　　　　　めいわく
は だ い ぶ 迷 惑 を か け ま し た 。
wa.ta.shi.wa./wa.n.pa.ku.na.ko.da.tta.no.de./ryo.
u.shi.ni.wa./da.i.bu./me.i.wa.ku.o./ka.ke.ma.shi.ta.
因為我是頑皮的小孩，所以給父母製造了很多麻煩。

りょうしん　　 わたし　　　しょどう　　 なら
両 親 は 私 に 書 道 を 習 わ せ ま し た け れ
　　　　 わたし　　　　　　　　　　　　 な　だ
ど も 、 私 は す ぐ に 投 げ 出 し ま し た 。
ryo.u.shi.n.wa./wa.ta.shi.ni./sho.do.u.o./na.ra.wa.se.
ma.shi.ta.ke.re.do.mo./wa.ta.shi.wa./su.gu.ni./na.ge.
da.shi.ma.shi.ta.
父母讓我學書法，但我立刻就放棄了。

私<ruby>わたし</ruby>は音楽<ruby>おんがく</ruby>にとても興味<ruby>きょうみ</ruby>を持<ruby>も</ruby>っていたので、父親<ruby>ちちおや</ruby>にせがんでギターを買<ruby>か</ruby>ってもらいました。

wa.ta.shi.wa./o.n.ga.ku.ni./to.te.mo./kyo.u.mi.o./mo.tte.i.ta.no.de./chi.chi.o.ya.ni./se.ga.n.de./gi.ta.ta.o./ka.tte.mo.ra.i.ma.shi.ta.

因為我對音樂很有興趣，所以就求爸爸買了把吉它給我。

一番興味<ruby>いちばんきょうみ</ruby>があったのはゲームで、外<ruby>そと</ruby>で遊<ruby>あそ</ruby>ぶよりも好<ruby>す</ruby>きでした。

i.chi.ba.n.kyo.u.mi.ga./ta.tta.no.wa./ge.e.mu.de./so.to.de.a.so.bu.yo.ri.mo./su.ki.de.shi.ta.

我最喜歡的就是打電動，比出去外面玩還喜歡。

子供<ruby>こども</ruby>の頃<ruby>ころ</ruby>は人参<ruby>にんじん</ruby>が嫌<ruby>きら</ruby>いでしたが、今<ruby>いま</ruby>は大丈夫<ruby>だいじょうぶ</ruby>です。

ko.do.mo.no./ko.ro.wa./ni.n.ji.n.ga./ki.ra.i.de.shi.ta.ga./i.ma.wa./da.i.jo.u.bu.de.su.

小時候不喜歡吃紅蘿蔔，現在就能吃了。

大學生活

實戰會話

今日（きょう）からお世話（せわ）になります。
kyo.u.ka.ra./o.se.wa.ni./na.ri.ma.su.
從今天開始要受大家照顧了。

陳太郎（ちんたろう）と申（もう）します。
chi.n.ta.ro.u.to./mo.u.shi.ma.su.
我叫陳太郎。

台湾大学出身（たいわんだいがくしゅっしん）で、専門（せんもん）は物理（ぶつり）でした。
ta..i.wa.n.da.i.ga.ku./shu.sshi.n.de./se.n.mo.n.wa./bu.tsu.ri.de.shi.ta.
我畢業於台灣大學，主修物理。

早（はや）く即戦力（そくせんりょく）になれるよう一生懸命（いっしょうけんめい）頑張（がんば）ります。
ha.ya.ku./so.ku.se.n.ryo.ku.ni./na.re.ru.yo.u./i.ssho.u.ke.n.me.i.ga.n.ba.ri.ma.su.

為了早日成為公司的即戰力，我會很拚命努力。

皆さんにご迷惑をおかけすることもあると思いますが、よろしくお願いします。

mi.na.sa.n.ni./go.me.i.wa.ku.o./o.ka.ke.su.
ru.ko.to.mo.a.ru.to./o.mo.i.ma.su.ga./yo.ro.shi.
ku./o.ne.ga.i.shi.ma.su.

我想今後可能會有麻煩大家的地方，還請多多指教。

實用短句

台湾大学を出ました。
ta..i.wa.n.da.i.ga.ku.o./de.ma.shi.ta.

我畢業自台灣大學。

入学は2000年、2004年の卒業です。
nyu.u.ga.ku.wa./ni.se.n.ne.n./ni.se.n.yo.ne.n.no./
so.tsu.gyo.u.de.su.

2000年入學，2004年畢業。

毎日バスで自宅から通学しました。
ma.i.ni.chi./ba.su.de./ji.ta.ku.ka.ra./tsu.u.ga.ku.shi.

ma.shi.ta.

每天坐巴士上學。

教授は月に1回ゼミを開きました。
kyo.u.ju.wa./tsu.ki.ni./i.kka.i./ze.mi.o./hi.ra.ki.ma.shi.

ta.

教授1個月開1次討論會。

私 はめったに利用しませんでしたが、
図書館には日本文学の蔵書が相当ありま

す。
wa.ta.shi.wa./me.tta.ni./ri.ryo.u.shi.ma.se.n.de.shi.

ta.ga./to.sho.ka.n.ni./ni.ho.n.bu.n.ga.ku.no./zo.u.sho.

ga./so.u.to.u./a.ri.ma.su.

雖然我很少利用。但圖書館裡面有非常大量的日本文
學相關藏書。

専攻は文学でした。
se.n.ko.u.wa./bu.n.ga.ku.de.shi.ta.

我主修文學。

キャンパスから歩あるいていける寮りょう すに住ん

でいました。

kya.n.pa.su.ka.ra./a.ru.i.te.i.ke.ru./ryo.u.ni./su.n.de.
i.ma.shi.ta.

我住在宿舍，用走得就能到學校。

学費稼がくひ かせぎのために家庭教師かていきょうしをやりまし

た。

ga.ku.hi.ka.se.gi.no.ta.me.ni./ka.te.i.kyo.u.shi.o./
ya.ri.ma.shi.ta.

為了賺學費，所以那時在當家教。

日本にほんとは違ちがって新学期しんがっきは9月がつに始はじまりま

す。

ni.ho.n.to.wa./chi.ga.tte./shi.n.ga.kki.wa./ku.ga.tsu.
ni./ha.ji.ma.ri.ma.su.

和日本不同，新學期是9月開始。

2学期制がっきせいで、学期がっきと学期がっきの間あいだに長ながい休やすみ

が2回かいあります。

ni.ga.kki.se.i.de./ga.kki.to./ga.kki.no.a.i.da.ni./na.ga

i.ya.su.mi.ga./ni.ka.i.a.ri.ma.su.

是2學期制，在學期和學期中，會放2次長假。

^{なつやす}
夏休みにいつもアルバイトで過ごしました。

na.tsu.ya.su.mi.ni./i.tsu.mo./a.ru.ba.i.to.de./su.go.shi.ma.shi.ta.

放暑假時我總是在打工。

^{わたし　そつぎょう}
私が卒業したのは4年制大学で、短大ではありません。

wa.ta.shi.ga./so.tsu.gyo.u.shi.ta.no.wa./yo.ne.n.se.i.da.i.ga.ku.de./ta.n.da.i.de.wa./a.ri.ma.se.n.

我畢業於4年制大學，不是短大(2年制)。

^{だいがく　たてもの　ふる}
うちの大学の建物は古くて、キャンパスはとても魅力があります。

u.chi.no./da.i.ga.ku.no./ta.te.mo.no.wa./fu.ru.ku.te./kya.n.pa.su.wa./to.te.mo./mi.ryo.ku.ga./a.ri.ma.su.

我就讀的大學，建築物古色古香，讓校園十分具有魅力。

<ruby>大学<rt>だいがく</rt></ruby><ruby>時代<rt>じだい</rt></ruby>にいい<ruby>友<rt>とも</rt></ruby>だちがたくさんでき
て、<ruby>自由<rt>じゆう</rt></ruby>な<ruby>時間<rt>じかん</rt></ruby>に<ruby>好<rt>す</rt></ruby>きなことをやって<ruby>過<rt>す</rt></ruby>
ごしました。
da.i.ga.ku.ji.da.i.ni./i.i.to.mo.da.chi.ga./ta.ku.sa.n.de.
ki.te./ji.yu.u.na.ji.ka.n.ni./su.ki.na.ko.to.o./ya.tte.
su.go.shi.ma.shi.ta.

大學時代交到很多好朋友，而且能自由的分配時間做
自己想做的事情。

<ruby>毎年<rt>まいとし</rt></ruby><ruby>学園祭<rt>がくえんさい</rt></ruby>で<ruby>大騒<rt>おおさわ</rt></ruby>ぎしました。
ma.i.to.sh./ga.ku.e.n.sa.i.de./o.o.sa.wa.gi.shi.ma.shi.
ta.

每年校慶都弄得很熱鬧。

<ruby>専門<rt>せんもん</rt></ruby>は<ruby>教育学<rt>きょういくがく</rt></ruby>です。
se.n.mo.n.wa./kyo.u.i.ku.ga.ku.

我主修教育學。

<ruby>学部<rt>がくぶ</rt></ruby>は<ruby>工学部<rt>こうがくぶ</rt></ruby>です。
ga.kubu.wa./ko.u.ga.ku.bu.de.su.

我念的是工學院。

がっか　げんごぶんかか
学科は言語文化科です。
ga.kka.wa./ge.n.go.bu.n.ka.ka.de.su.

科系是語言文化學系。

いがく　せんこう
医学を専攻します。
i.ga.ku.o./se.n.ko.u.shi.ma.su.

主修醫學。

わたし　しんりがくせんこう　だいがくねんせい
私 は心理学専攻の大学2年生です。
wa.ta.shi.wa./shi.n.ri.ga.ku.se.n.ko.u.no./da.i.ga.ku./

ni.ne.n.se.i.de.su.

我是主修心理學的大2學生。

わたし　せんこう　えいごきょういく
私 の専攻は英語教育です。
wa.ta.shi.no./se.n.ko.u.wa./e.i.go.kyo.u.i..ku.de.su.

我主修英語教育。

Track-C1-10

課外活動

實戰會話

私は高校での3年間、演劇部に
所属して、

wa.ta.shi.wa./ko.u.ko.u.de.no./sa.n.ne.n.ka.n./
e.n.ge.ki.b u.ni./sho.zo.ku.shi.te.

我在高中3年間參加了戲劇社。

3年生のときは部長を務めまし
た。

sa.n.ne.n.se.i.no.to.ki.wa./bu.cho.u.o./tsu.
to.me.ma.shi.ta.

在高3的時候擔任社長。

自分ではない人や物になりきって
お芝居をすることが大好きなので
すが、

ji.bu.n.de.wa.na.i.hi.to.ya./mo.no.ni.na.ri.ki.tte./
u.shi.ba.i.o.su.ru.ko.to.ga./da.i.su.ki.na.no.de.

su.ga.

雖然我也很喜歡在戲劇中演繹別人或是事物，

部長を務めたことによって、イベントの企画や実践、他校との連携、部員同士の諍いを調整する役目が得意なことにも気がつきました。

bu.cho.u.o./tsu.to.me.ta.ko.to.ni.yo.tte./i.be.n.to.no.ki.ka.ku.ya./ji.sse.n./ta.ko.u.to.no.re.n.ke.i./bu.i.n.do.u.shi.no./i.sa.ka.i.o./cho.u.se.i.su.ru./ya.ku.me.ga./to.ku.i.na.ko.to.ni.mo./ki.ga.tsu.ki.ma.shi.ta.

但透過擔任社長，我發現我也很擅長進行活動的企畫或實踐、和他校的合作、諧調社員之間的紛爭。

實用短句

授業が終わったらすぐうちに帰ります。

ju.gyo.u.ga./o.wa.tta.ra./su.gu./u.chi.ni./ka.e.ri.
ma.su.

下課了就立刻回家。

アルバイトをしています。
a.ru.ba.i.to.o./shi.te.i.ma.su.

在打工。

ボランティア活動をしています。
bo.ra.n.te.i.a./ka.tsu.do.u.o./shi.te.i.ma.su.

從事志工活動。

部活をしています。
bu.ka.tsu.o./shi.te.i.ma.su.

進行社團活動。

テニス部に入っています。
te.ni.su.bu.ni./ha.i.tte.i.ma.su.

加入網球社。

落語研究会で活動をしています。
ra.ku.go.ke.n.kyu.u.ka.i.de./ka.tsu.do.u.o./shi.
te.i.ma.su.

參與落語研究會的活動。

火、木の週2日です。
ka.mo.ku.no./shu.u.fu.tsu.ka.de.su.

每週的週二、週四2天。

練習は毎日あります。
re.n.shu.u.wa./ma.i.ni.chi.a.ri.ma.su.

每天都有練習。

練習は6時から7時まで。
re.n.shu.u.wa./ro.ku.ji.ka.ra./shi.chi.ji.ma.de.

練習是6點到7點。

私のクラブは厳しいので、朝練もあり

ます。
wa.ta.shi.no./ku.ra.bu.wa./ki.bi.shi.i.no.de./a.sa.

re.n.mo./a.ri.ma.su.

我的社團很嚴格,還有晨間練習。

予備校に行きます。
yo.bi.ko.u.ni./i.ki.ma.su.

去上補習班。

テニスクラブの部員でしたが、それほど
熱心ではありませんでした。
te.ni.su.ku.ra.bu.no./bu.i.n.de.shi.ta.ga./so.re.ho.do./

ne.sshi.n.de.wa./a.ri.ma.se.n./de.shi.ta.

雖然曾經加入網球部，但並不是很熱衷。

学校で合唱部に入っています。
ga.kko.u.de./ga.ssho.u.bu.ni./ha.i.tte.i.ma.su.

加入了學校的合唱社。

3 年生のときは部長を務めました。
sa.n.ne.n.se.i.no./to.ki.wa./bu.cho.u.o./tsu.to.me.

ma.shi.ta.

3年級的時候擔任社長。

大学時代にアイスホッケーをやっていま

した。
da.i.ga.ku.ji.da.i.ni./a.i.su.ho.kke.e.o./ya.tte./i.ma.su.

大學時曾打過冰上曲棍球。

留學

實戰會話

わたし ちんたろう
私は陳太郎です。
wa.ta.shi.wa./chi.n.ta.ro.u.de.su.
我叫陳太郎。

たいわんだいがく けいざいがく せんこう
台湾大学で経済学を専攻してい
ます。
ta.i.wa.n.da.i.ga.ku.de./ke.i.za.i.ga.ku.o./
se.n.ko.u.shi.te.i.ma.su.
在台灣大學主修經濟學。

こうこう じだい いちねんかんこうかん りゅうがくせい
高校時代、1年間交換留学生
にほん べんきょう
として日本で勉強したことがあ
ります。
ko.u.ko.u.ji.da.i./i.chi.ne.n.ka.n./ko.u..ka.n.ryu.
u.ga.ku.se.i./to.shi.te./ni.ho.n.de./be.n.kyo.
u.shi.ta.ko.to.ga./a.ri.ma.su.
高中時，曾到日本交換學生1年。

とてもいい経験になりました。
to.te.mo./i.i.ke.i.ke.n.ni./na.ri.ma.shi.ta.
對我來説是很好的經驗。

實用短句

イギリスの大学で教育学の修士号を
取得しました。
i.gi.ri.su.no./da.i.ga.ku.de./kyo.u.i.ku.ga.ku.no./shu.
u.shi.go.u.o./shu.to.ku.shi.ma.shi.ta.
在英國的大學取得教育學碩士。

留学時代、読書や論文の宿題を全部
こなすのが大変でした。
ryu.u.ga.ku.ji.da.i./do.ku.sho.ya./ro.n.bu.n.no./shu.
ku.da.i.o./ze.n.bu./ko.na.su.no.ga./ta.i.he.n.de.shi.ta.
留學時，要念書還要進行和論文相關的課題，十分辛
苦。

同室のイギリス人の友達はほんとうに
親切でした。
do.u.shi.tsu.no./i.gi.ri.su.ji.n.no./to.mo.da.chi.wa./

ho.n.to.u.ni./shi.n.se.tsu.de.shi.ta.

同寢室的英國朋友真的很親切。

がっこう　な　ご　や
学校は名古屋にあります。
ga.kko.u.wa./na.go.ya.ni./a.ri.ma.su.

學校在名古屋。

わたし　だいがく　がいこくごだいがく
私の大学は外国語大学です。
wa.ta.shi.no./da.i.ga.ku.wa./ga.i.ko.ku.go.da.i.ga.
ku.de.su.

我的學校是外語大學。

りゅうがく
アメリカへ留学したことがあります。
a.me.ri.ka.e./ryu.u.ga.ku.shi.ta./ko.to.ga./a.ri.ma.su.

我曾經到美國留學。

りゅうがくじだい　とうきょう　す
留学時代は東京に住んでいました。
ryu.u.ga.ku.ji.da.i.wa./to.u.kyo.u.ni./su.n.de.i.ma.shi.
ta.

留學的時候是住在東京。

Track-C1-12

家族構成－婚姻狀態

實戰會話

こんにちは。
ko.n.ni.chi.wa.
大家好。

私は陳太郎といいます。
wa.ta.shi.wa./chi.n.ta.ro.u.to./i.i.ma.su.
我叫陳太郎。

こちらは妻のめぐみです。
ko.chi.ra.wa./tsu.ma.no./me.gu.mi.de.su.
這是我的老婆惠美。

台湾に住んでいます。
ta.i.wa.n.ni./su.n.de.i.ma.su.
我們住在台灣。

毎日日本語を勉強しています。
ma.i.ni.chi./ni.ho.n.go.o./be.n.kyo.u.si.te.i.ma.su.
每天都在學習日文。

よろしくお願いします。
yo.ro.shi.ku./o.ne.ga.i.shi.ma.su.

請多多指教。

實用短句

結婚しています。
ke.kko.n.shi.te.i.ma.su.

已婚。

独身です。
do.ku.shi.n.de.su.

單身。

まだ結婚していません。
ma.da./ke.kko.n.shi.te./i.ma.se.n.

未婚。

こちらは 夫 の太郎です。
ko.chi.ra.wa./o.tto.no./ta.ro.u.de.su.

這是我先生太郎。

先月4回目の結婚記念日を迎えました。

se.n.ge.tsu./yo.n.ka.i.me.no./ke.kko.n.ki.ne.n.bi.o./
mu.ka.e.ma.shi.ta.

上星期是結婚4週年紀念。

つま しゅっぱんしゃ しごと
妻は出版社で仕事をしています。
tsu.ma.wa./shu.ppa.n.sha.de./shi.go.to.o./shi.
te.i.ma.su.

內人在出版社工作。

しゅじん わたし いく としうえ
主人は私より幾つか年上です。
shu.ji.n.wa./wa.ta.shi.yo.ri./i.ku.tu.ka./to.shi.u.e.de.
su.

我的先生比我大幾歲。

いろいろ しあわ
色々とありましたけれども、まあ幸せ
けっこん い
な結婚と言えましょうか。
i.ro.i.ro.to./a.ri.ma.shi.ta.ke.re.do.mo./ma.a./shi.a.wa.
se.na./ke.kko.n.to./i.e.ma.sho.u.ka.

雖然有些波折，但婚姻算是幸福。

かれ いえ しごと きよう
彼は家のまわりの仕事が器用です。
ka.ra.wa./i.e.no.ma.wa.ri.no./shi.go.to.ga./ki.yo.u.de.
su.

他很擅長維持居家週遭環境。

私 はあまり妻の手伝いをしません。
wa.ta.shi. wa./a.ma.ri./tsu.ma.no./te.tsu.da.i.o./shi.

ma.se.n.

我不太常幫老婆的忙。

私 は 夫 をニックネームで呼びます。
wa.ta.shi.wa./o.tto.o./ni.kku.ne.e.mu.de./yo.bi.ma.su.

我都用小名叫我的老公。

主人がいつも、お世話になっておりま

す。
shu.ji.n.ga./i.tsu.mo./o.se.wa.ni./na.tte./o.ri.ma.su.

我的老公一直以來都受你照顧了。

妻は台北の出身です。
tsu.ma.wa./ta.i.pe.i.no./shu.sshi.n.de.su.

內人是台北人。

夫 が単身赴任中です。
o.tto.ga./ta.n.shi.n.fu.ni.n.chu.u./de.su.

我的老公現在獨自派駐在外縣市。

家族構成－小孩

實戰會話

こんにちは。
ko.n.ni.chi.wa.
大家好。

<ruby>私<rt>わたし</rt></ruby> は陳太郎と<ruby>申<rt>もう</rt></ruby>します。
wa.ta.shi.wa./ch.n.ta.ro.u.to./mo.u.shi.ma.su.
我叫陳太郎。

<ruby>私<rt>わたし</rt></ruby> は<ruby>生<rt>う</rt></ruby>まれも<ruby>育<rt>そだ</rt></ruby>ちも<ruby>高雄<rt>たかお</rt></ruby>です。
wa.ta.shi.ha./u.ma.re.mo/so.da.chi.mo./ta.ka.
o.de.su.
生長於高雄。

<ruby>海<rt>うみ</rt></ruby>に<ruby>近<rt>ちか</rt></ruby>いためサーフィンは<ruby>得意<rt>とくい</rt></ruby>で
す。
u.mi.ni./chi.ka.i.ta.me./sa.a.fi.n.wa./to.ku.i.de.
su.
因為靠海，所以我很擅長衝浪。

<ruby>週末<rt>しゅうまつ</rt></ruby>はほとんどの<ruby>時間<rt>じかん</rt></ruby>を <ruby>2人<rt>ふたり</rt></ruby>の

子供と過ごします。
shu.u.ma.tsu.wa./ho.to.n.do.no.ji.ka.o./fu.ta.ri.no./ko.do.mo.to./su.go.shi.ma.su.
週末幾乎都和2個孩子度過。

子供たちは野球が好きなので一緒にキャッチボールをします。
ko.do.mo.ta.chi.wa./ya.kyu.u.ga.su.ki.na.no.de./i.ssho.ni./kya.cchi.bo.o.ru.o./shi.ma.su.
因為孩子們喜歡棒球，所以會一起傳接球。

實用短句

子供が２人います。男の子と女の子です。
ko.do.mo.ga./fu.ta.ri.i.ma.su./o.to.ko.no.ko./to./o.n.na.no.ko.de.su.
我有2個孩子，1男1女。

上の子は男の子です。
u.e.no.ko.wa./o.to.ko.no.ko.de.su.
大的是男孩子。

もう1人子供がいればなあと思うことも
あります。
mo.u.hi.to.ri.kko.do.mo.ga./i.re.ba.na.a.to./o.mo.
u.ko.to.mo.a.ri.ma.su.
也想過再生1個孩子。

2人とも、とても手に負えません。
fu.ta.ri.to.mo./to.te.mo./te.ni.o.e.ma.se.n.
2個孩子都很讓我頭疼。

娘は塾に通って、中学の入学試験
の準備をしています。
mu.su.me.wa./ju.ku.ni.ka.yo.tte./chu.u.ga.ku.no./nyu.
u.ga.ku.shi.ke.n.no./ju.n.bi.o./shi.te.i.ma.su.
女兒正在上補習班，好準備中學的入學考試。

息子はいつもゲームに夢中になって、
母親をよく怒らせます。
mu.su.ko.wa./i.tsu.mo./ge.e.mu.ni./mu.chu.u.ni.
na.tte./ha.ha.o.ya.o./yo.ku.o.ko.ra.se.ma.su.
兒子老是因為沉迷電動而被媽媽責罵。

週末には、いつも子供たちをどこかに
連れて行ってやります。
shu.ma.tsu.ni.wa./i.tsu.mo./ko.do.mo.ta.chi.o./do.ko.
ka.ni./tsu.re.te./i.tte.ya.ri.ma.su.

週末總是會帶孩子出去。

週末はほとんどの時間を子供と過ごし
ます。
shu.u.ma.tsu.wa./ho.to.n.do.no.ji.ka.o./ko.do.mo.to./
su.go.shi.ma.su.

週末幾乎都和孩子度過。

子供はまだ小さいです。
ko.do.mo.wa./ma.da./chi.i.sa.i./de.su.

我的小孩還很小。

息子の大輔の学校の成績はとてもいいよ
うです。
mu.su.ko.no./da.i.su.ke.no./ga.kko.u.no./se.i.se.
ki.wa./to.te.mo./i.i.yo.u.de.su.

我的兒子大輔在學校的成績好像很好。

家族構成－父母兄弟

實戰會話

はじめまして、陳太郎（ちんたろう）と申（もう）します。

ha.ji.me.ma.shi.te./chi.n.ta.ro.u.to./mo.u.shi.ma.su.

初次見面，我叫陳太郎。

30歳（さい）で営業（えいぎょう）マンです。

sa.n.ju.u.sa.i.de./e.i.gyo.u.ma.n.de.su.

今年30歲，是業務。

家族（かぞく）は4人（にん）で、父（ちち）と母（はは）、姉（あね）と私（わたし）です。

ka.zo.ku.wa./yo.ni.n.de./chi.chi.to.ha.ha./a.ne.to./wa.ta.shi.de.su.

家裡有4個人，分別是父母、姊姊和我。

父（ちち）は、銀行員（ぎんこういん）です。

chi.chi.wa./gi.n.ko.u.i.n.de.su

我的父親是銀行員工。

母は、看護婦です。
ha.ha.wa./ka.n.go.fu.de.su.
母親是護士。

結婚して台中市に住む姉がいま
す。
ke.kko.n.shi.te./ta.i.chu.n.shi.ni./su.mu.a.ne.
ga./i.ma.su.
姉姉結婚了住在台中。

實用短句

家族は3人います。
ka.zo.ku.wa./sa.n.ni.ni.i.ma.su.

家裡有3個人

私は、1人の兄と1人の妹がいます。
wa.ta.shi.wa./hi.to.ri.no.a.ni.to./hi.to.ri.no.i.mo.u.to.
ga./i.ma.su.
我有一個哥哥一個妹妹。

私の父は医者です。

wa.ta.shi.no./chi.chi.wa./i.sha.de.su.

我的父親是醫生。

にんかぞく
4人家族です。
yo.ni.n.ka.zo.ku.de.su.

家裡有4個人。

ひとりぐ
一人暮らししています。
hi.to.ri.gu.ra.shi./shi.te.i.ma.su.

我1個人住。

ちち　きょうし　　　　　　　さい　ていねんたいしょく
父は教師でしたが、60歳で定年退職

しました。
chi.chi.wa./kyo.u.shi.de.shi.ta.ga./ro.ku.ju.u.sa.i.de./
te.i.ne.n.ta.i.sho.ku.shi.ma.shi.ta.

父親以前是老師，60歲時退休了。

はは　　　　　げんき　　　わかい　い
母はとても元気で、若いと言われると
よろこ
喜びます。
ha.ha.wa./to.te.mo./ge.n.ki.de./wa.ka.i.to./i.wa.re.ru.
to./yo.ro.ko.bi.ma.su.

母親很健康，說她年輕的話，她會很開心。

両親は家族全員で海外旅行をするのが
夢です。
ryo.u.shi.n.wa./ka.zo.ku.ze.n.i.n.de./ka.i.ga.i.ryo.

ko.u.o./su.ru.no.ga./yu.me.de.su.

父母的夢想是全家一起到國外旅行。

兄が1人、妹が2人おります。
a.ni.ga./hi.to.ri./i.mo.u.to.ga./fu.ta.ri./o.ri.ma.su.

有1個哥哥，2個妹妹。

私が2番目で、姉がおります。
wa.ta.shi.ga./ni.ba.n.me.de./a.ne.ga.o.ri.ma.su.

我排行第2，上面有1個姊姊。

姉は看護師で、妹は教師です。
a.ne.wa./ka.n.go.shi.de./i.mo.u.to.wa./kyo.u.shi.

de.su.

姊姊是護士，妹妹是老師。

弟はまだ大学生です。
o.to.u.to.wa./ma.da./da.i.ga.ku.se.i.de.su.

弟弟還是大學生。

姉は先月結婚しました。
a.ne.wa./se.n.ge.tsu./ke.kko.n.shi.ma.shi.ta.

姊姊上個月結婚了。

私は一人っ子です。
wa.ta.shi.wa./hi.to.ri.kko.de.su.

我是獨生子(女)。

私と姉は似てると思いますか。
wa.ta.shi.to./a.ne.wa./ni.te.ru.to./o.mo.i.ma.su.ka.

你覺得我和姊姊像嗎？

私たちは双子です。
wa.ta.shi.ta.chi.wa./fu.ta.go.de.su.

我們是雙胞胎。

弟と私とでは6歳年が開いていま
す。
o.to.u.to.to./wa.ta.shi.to.de.wa./ro.ku.sa.to.shi.ga.hi.
ra.i.te.i.ma.su.

我和弟弟相差6歲。

時々、兄弟の家族全員が集まって、賑やかなパーティを開きます。
to.ki.do.ki./kyo.u.da.i.no./ka.zo.ku./ze.n.i.n.ga./a.tsu.ma.tte./ni.gi.ya.ka.na./pa.a.ti.i.o./hi.ra.ki.ma.su.

兄弟姊妹們的家族有時會聚在一起，舉行熱鬧的聚會。

私達双子は、この私の顔のほくろで見分けられます。
wa.ta.shi.ta.chi./fu.ta.go.wa./ko.no.wa.ta.shi.no./ka.o.no./o.ku.ro.de./mi.wa.ke.ra.re.ma.su.

從我臉上的痣可以分辨出我們雙胞胎的不同。

私の兄弟たちはわずか１つ違いです。
wa.ta.shi.no./kyo.u.da.i.ta.chi.wa./wa.zu.ka./hi.to.tsu./chi.ga.i.de.su.

我和兄弟姊妹只差了1歲。

あまり兄弟の交流はありません。
a.ma.ri./kyo.u.da.i.no./ko.u.ryu.u.wa./a.ri.ma.se.n.

我們兄弟姊妹間沒怎麼聯絡。

Track-C1-15

外表特徵

實戰會話

私 は松田健三です。
wa.ta.shi.wa./ma.tsu.da./ke.n.zo.u.de.su.

我叫松田健三。

健は健康の健でして、からだは松
のようにゴツゴツしています。
ke.n.wa./ke.n.ko.u.no.ke.n.de.shi.te./ka.ra.
da.wa./ma.tsu.no.yo.u.ni./go.tsu.go.tsu.shi.
te.i.ma.su.

健是健康的健，身體像松樹一樣粗粗壯壯的。

これでも80キロ、快調な毎日を
送っております。
ko.re.de.mo.ro.ku.ju.u.ki.ro./ka.i.cho.u.na.
ma.i.ni.chi.o./o.ku.tte.o.ri.ma.su.

體重有80公斤，每天都過著健康的日子。

實用短句

身長は180センチで、日本人の平均より
上です。

shi.n.cho.u.wa./hya.ku.ha.chi.ju.u.se.n.chi.de./ni.ho.
n.ji.n.no./he.i.ki.n.yo.ri./u.e.de.su.

身高有180公分，比日本人平均高。

前の体重は50キロでした。私の身長
としては平均体重です。

ma.e.no./ta.i.ju.u.wa./go.ju.u..ki.ro.de.shi.ta./wa.ta.
shi.no.shi.n.cho.u.to.shi.te.wa./he.i.ki.n.ta.i.ju.u.de.
su.

之前的體重是50公斤，以我的身高來說算是正常體
重。

猫顔だとよく言われます。

ne.ko.ka.o.da.too./yo.ku.i.wa.re.ma.su.

我常被說長得像貓。

40を過ぎてから、前髪が少し薄くなって
きました。

yo.n.ju.u.o./su.gi.te.ka.ra./ma.e.ga.mi.ga./su.ko.shi./

u.su.ku.na.tte./ki.ma.shi.ta.

過了40歲。頭髮就開始變稀薄了。

私 は大柄ですが、痩せています。
wa.ta.shi.wa./o.o.ga.ra.de.su.ga./ya.se.te.i.ma.su.

我雖然骨架大，但很瘦。

ラフなスタイルが好きです。
ra.fu.na./su.ta.i.ru.ga./su.ki.de.su.

我喜歡休閒的打扮。

この 間 ゴルフをやったんで、こんなに
日焼けしました。
ko.o.a.i.da./go.ru.fu.o.ya.tta.n.de./ko.n.na.ni./hi.ya.

ke.shi.ma.shi.ta.

前陣子去打高爾夫，晒得這麼黑。

以前は痩せていたのですが、この頃おな
かのあたりに肉がつきました。
i.ze.n.wa./ya.se.te.i.ta.no.de.su.ga./ko.o.ko.ro./o.na.

ka.no.a.ta.ri.ni./ni.ku.ga./tsu.ki.ma.shi.ta.

以前雖然很瘦，但最近肚子上的肉多了起來。

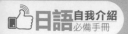

いちど
一度ひげを生やしたんですが、似合わな
や
いので止めました。
i.chi.do./hi.ge.o.ha.ya.shi.ta.n.de.su.ga./ni.a.wa.
na.i.no.de./ya.me.ma.shi.ta.
曾經留過一次鬍子，但不適合就放棄了。

かお　まる　　　　　　まる　　よ
顔が丸いから、「丸」と呼ばれていま
す。
ka.o.ga./ma.ru.i.ka.ra./ma.ru.to./yo.ba.re.te./i.ma.su.
因為我臉很圓，所以被叫「圓圓」。

いま　ふと　どりょく　　　　　　　　　　　　ふと
今は太る努力をしているのですが、太る
むずか
のは難しいですね。
i.ma.wa./fu.to.ru./do.ryo.ku.o./shi.te.i.ru.no./de.su.
ga./fu.to.ru.no.wa./mu.zu.ka.shi.i.de.su.ne.
現在正努力增胖，但增胖實在太困難了。

だいがくじだい
大学時代からメガネをかけています。
da.i.ga.ku.ji.da.i.ka.ra./me.ga.ne.o./ka.ke.te./i.ma.su.
我從大學時就一直戴著眼鏡。

Track-C1-16

個性

實戰會話

陳太郎と申します。
chi.n.ta.ro.u.to./mo.u.shi.ma.su.
我叫陳太郎。

私の長所は柔軟に仕事ができ

るということです。
wa.ta.shi.no./cho.u.sho.wa./ju.u.na.n.ni./shi.
go.to.ga./de.ki.ru.to.i.u.ko.to.de.su.
我的優點是能柔軟的處理工作。

状況に応じて対応することが

できます。
jo.u.kyo.u.ni./o.u.ji.te./ta.i.o.u.su.ru.ko.to.ga./
de.ki.ma.su.
能依狀況應變。

目標は国際的な環境下で自分の

能力や経験を活かすことです。

mo.ku.hyo.u.wa./ko.ku.sa.i.te.ki.na./ka.n.kyo.
u.ka.de./ji.bu.n.no./no.u.ryo.ku.ya./ke.i.ke.n.o./
i.ka.su.ko.to.de.su.

我的目標是在全球化環境下充分發揮自己的能力和經驗。

御社に貢献し自分の目標を達成したいと思います。

o.n.sha.ni./ko.u.ke.n.shi./ji.bu.n.no./mo.ku.hyo.
u.o./ta.sse.i.shi.ta.i.to./o.mo.i.ma.su.

希望能夠對貴社有所貢獻並達成自己的目標。

實用短句

私 はさっぱりした性格の人です。

wa.ta.shi.wa./sa.ppa.ri.shi.ta./se.i.ka.ku.no.hi.to.
de.su.

我是很乾脆的人。

負けず嫌いな性格だと思います。

ma.ke.zu.gi.ra.i.na.se.i.ka.ku.da.to./o.mo.i.ma.su.

我的個性是不服輸。

私 の 長 所 は、好奇心旺盛なことだと
思います。
wa.ta.shi.no./cho.u.sho.wa./ko.u.ki.shi.n./o.u.se.i.na.

ko.to.da.to./o.mo.i.ma.su.

我的優點是好奇心旺盛。

几帳面です。
ki.cho.u.me.n.de.su.

我很一絲不苟。

少し頑固だと思います。
su.ko.shi./ga.n.ko.da.to./o.mo.i.ma.su.

有點頑固。

誰とでも仲良く出来ます。
da.re.to.de.mo./na.ka.yo.ku./de.ki.ma.su.

和誰都能好好相處。

考 えすぎるところが短所です。
ka.n.ga.e.su.gi.ru.to.ko.ro.ga./ta.n.sho.de.su.

缺點是想太多。

初対面の人とでもすぐに打ち解けて 話
ができるという特技を持っています。
sho.ta.i.me.n.no.hi.to.to.de.mo./su.gu.ni./u.chi.to.ke.
te./ha.na.shi.ta.de.ki.ru.to.i.u./to.ku.gi.o.mo.tte.i.ma.
su.

我的特長就是，和第一次見面的人也能立刻熟稔地聊
天。

明るい性格ですが、負けず嫌いです。
a.ka.ru.i.se.i.ka.ku.de.su.ga./me.ke.zu.gi.ra.i.de.su.

我的個性很開朗，但不服輸。

しっかりしています。
shi.kka.ri./shi.te./i.ma.su.

很謹慎。

わがままです。
wa.ga.ma.ma./de.su.

任性。

喜歡的食物

實戰會話

お会いできてうれしいです。
o.a.i.de.ki.te.u.re.shi.i.de.su.
很高興見到大家。

私は陳太郎です。
wa.ta.shi.wa./chi.n.ta.ro.u.de.su.
我叫陳太郎。

大学2年生です。
da.i.ga.ku.ni.ne.n.se.i.de.su.
今年大學2年級。

誕生日は、9月13日です。
ta.n.jo.u.bi.wa./ku.ga.tsu./ju.u.sa.n.ni.chi.de.su.
生日是9月13日。

好きな食べ物はさくらんぼです。
su.ki.na.ta.be.mo.no.wa./sa.ku.ra.n.bo.de.su.
喜歡的食物是櫻桃。

どうぞよろしくお願いします。

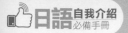

do.u.zo./yo.ro.shi.ku./o.ne.ga.i.shi.ma.su.

請多多指教。

實用短句

一番好きな食べ物はお寿司です。

i.chi.ba.n./su.ki.na./ta.be.mo.no.wa./o.su.shi.de.su.

最喜歡的食物是壽司。

焼き鳥はいくら食べても飽きません。

ya.ki.to.ri.wa./i.ku.ra./ta.be.te.mo./a.ki.ma.se.n.

不管吃再多烤雞肉也不會膩。

旬の果物はどれでも好きです。

shu.n.no./ku.da.mo.no.no.ha./do.re.de.mo./su.ki.de.su.

只要是當季的水果都喜歡。

夏で好きなことの１つは、スイカを食べ

ることです。

na.tsu.de./su.ki.na.ko.to.no.hi.to.tsu.wa./su.i.ka.o./

ta.be.ru.ko.to.de.su.

夏天最喜歡的事情之一，就是吃西瓜。

子供の頃はピーマンが嫌いでしたが、今は大丈夫です。
ko.do.mo.no./ko.ro.wa./pi.i.ma.n.ga./ki.ra.i.de.shi.ta.ga./i.ma.wa./da.i.jo.u.bu.de.su.

小時候不喜歡吃青椒，現在就能吃了。

中華料理が好きです。
chu.u.ka.ryo.u.ri.ga./su.ki.de.su.

喜歡中華料理。

野菜ならなんでも食べます。
ya.sa.i.na.ra./na.n.de.mo./ta.be.ma.su.

蔬菜的話什麼都吃。

辛いものが好きです。
ka.ra.i.mo.no.ga./su.ki.de.su.

喜歡吃辣。

体に良くないことを知っていますから、薄めのコーヒー、アメリカンを飲んでいます。

ka.ra.da.ni./yo.ku.na.i.ko.to.o..shi.tte.i.ma.su.ka.ra./
u.su.me.no.ko.o.hi.i./a.me.ri.ka.n.o/.no.n.de.i.ma.su.
因為知道對身體不好，所以喝比較淡的美式咖啡。

ブルーマウンテンが一番濃厚で味わいが
あります。
bu.ru.u.ma.u.n.te.n.ga./i.chi.ba.n./no.u.ko.u.de./a.ji.
wa.i.ga.a.ri.ma.su.
藍山的味道最香濃，很有味道。

いい台湾茶は味と香りと余韻の３つが
味わえます。
i.i.ta.i.wa.n.cha.wa./a.ji.to.ka.o.ri.to./yo.i.n.no./
mi.ttsu.ga./a.ji.wa.e.ma.su.
好的台灣茶，具備味道、香氣和餘韻。

うなぎは、体にとてもよさそうです。
u.na.gi.wa./ka.ra.da.ni./to.te.mo./yo.sa.so.u./de.su.
吃鰻魚好像對身體很好。

Track-C1-18

志向、願望

實戰會話

ちんたろう
陳太郎です。
chi.n.ta.ro.u.de.su.
我叫陳太郎。

しんちょう 170センチ、体重は60キロ
です。
shi.n.cho.u.hya.ku.na.na.ju.u.se.n.chi./ta.u.ju.
u.wa./ro.ku.ju.u.ki.ro.de.su.
身高170公分，體重60公斤。

きぼう
希望ポジションは外野です。
ki.bo.u.po.ji.sho.n.wa./ga.i.ya.de.su.
希望擔任外野手。

ぜんぜん
パワーが全然なので、
pa.wa.a.ga.ze.n.ze.na.no.de.
我的力氣還不足，

だいがく   きた   おも
入学でしっかり鍛えたいと思って

います。
da.i.gaku.de.shi.kka.ri.ki.ta.e.ta.i.to./o.mo.tte.
i.ma.su.

希望在大學好好鍛鍊。

野球を始めてからずっと外野手な
ので、
ya.kyu.u.o.ha.ji.me.te.ka.ra./zu.tto.ga.i.ya.shu.
na.no.de.

從開始打棒球就是擔任外野手。

外野の守備だと脚には自信があり
ます。
ga.i.ya.no./shu.bi.da.to./a.shi.ni.wa./ji.shi.n.ga./
a.ri.ma.su.

所以對外野的守備和腳程都很有信心。

打てて走れる選手になることが
目標です。
u.te.te./ha.shi.re.ru./se.n.shu.ni.na.ru.ko.to.ga./
mo.ku.hyo.u.de.su.

目標是當個能打能跑的選手。

よろしくお願いします。
yo.ro.shi.ku./o.ne.ga.i.shi.ma.su.
請多多指教。

實用短句

自分で会社を経営するのが夢です。
ji.bu.n.de./ka.i.sha.o./ke.i.e.i.su.ru.no.ga./yu.me.
de.su.
夢想是自己開公司。

将来教師になりたいと思っています。
sho.u.ra.i./kyo.u.shi.ni./na.ri.ta.i.to./o.mo.tte.i.ma.su.
將來希望成為老師。

社会のお役に立てるような人間になりた

いです。
sha.ka.i.no./o.ya.ku.ni./ta.te.ru.yo.u.na./ni.n.ge.n.ni./
na.ri.ta.i.de.su.
希望成為對社會有貢獻的人。

父の仕事を継ぐつもりです。

chi.chi.no./shi.go.to.o./tsu.gu.tsu.mo.ri.de.su.

想要繼承父親的工作。

子供の1人が 私 の仕事の後を継ぐのを見

たいものです。
ko.do.mo.no./hi.to.ri.ga./wa.ta.shi.no./shi.go.to.
no.a.to.o.tsu.gu.no.o./mi.ta.i.mo.no.de.su.

想看到有1個孩子能繼承我的工作。

少 しは苦労しても環 境 保護の仕事を

手伝いたいと思います。
su.ko.shi.wa./ku.ro.u.shi.te.mo./ka.n.kyo.u.ho.go.no./
shi.go.to.o./te.tsu.da.i.ta.i.to./o.mo.i.ma.su.

就算有點辛苦，也要進行環境保護的工作。

パイロットになりたいです。
pa.i.ro.tto.ni./na.ri.ta.i.de.su.

想當機師。

私 の夢は会社の方針に影 響 するポス

トに就き、発展に貢献することです。
wa.ta.shi.no./yu.me.wa./ka.i.sha.no.ho.u.shi.n.ni./

e.i.kyo.u.su.ru.po.su.to.ni./tsu.ki./ha.tte.n.ni.ko.u.ke.
n.su.ru.ko.to.de.su.

我的夢想是能擔任影響公司決策的工作，對公司發展有所貢獻。

いつか自分の会社を始めたいと願っています。
i.tsu.ka./ji.bu.n.no./kai.sha.o./ha.ji.me.ta.i.to./ne.ga.
tte.i.ma.su.

希望有一天能成立自己的公司。

将来は資格を取得したいです。
sho.u.ra.i.wa./shi.ka.ku.o./shu.to.ku.shi.ta.i.de.su.

將來我想取得證照。

将来は、体育の先生になりたいです。
sho.u.ra.i.wa./ta.i.i.ku.no./se.n.se.i.ni./na.ri.ta.i.de.su.

將來想成為體育老師。

CHAPTER.02

職場篇

私は…

所屬單位

實戰會話

ちんたろう　もう
陳太郎と申します。
chi.n.ta.ro.u.to./mo.u.shi.m.a.su.
我叫陳太郎。

うんゆがいしゃ　きんむ
運輸会社に勤務しております。
u.n.yu.ga.i.sha.ni./ki.n.mu.shi.te.o.ri.ma.su.
在運輸公司工作。

だいがく　で　　　　　にゅうしゃ
大学を出てすぐに入社しました
　　　　　　　　ねん
から、これで10年になります。
da.i.ga.ku.de.te./su.gu.ni.nyu.u.sha.shi.ma.shi.
ta.ka.ra./ko.re.de./ju.u.ne.n.ni./na.ri.ma.su.
大學一畢業就立刻進入公司，已經10年了。

　　　　　　　　　　　ねが
どうぞよろしくお願いします。
do.u.zo./yo.ro.shi.ku./o.ne.ga.i.shi.ma.su.
請多多指教。

實用短句

私 は10年間技 術 者として 働 いています。
wa.ta.shi.wa./ju.u.ne.n.ka.n./gi.ju.tsu.sha.to.shi.te./ha.ta.ra.i.te./i.ma.su.

我在技師的職位上工作了10年。

私 は会社員です。
wa.ta.shi.wa./ka.i.sha.i.n.de.su.

我是上班族。

私 は建築家です。
wa.ta.shi.wa./ke.n.chi.ku.ka.de.su.

我是建築師。

仕事は営 業 をしています。
shi.go.to.wa./e.i.gyo.u.o./shi.te.i.ma.su.

工作是業務。

貿 易の会社に勤めています。
bo.u.e.ki.no./ka.i.sha.ni./tsu.to.me.te.i.ma.su.

在貿易公司工作。

営業をしています。
e.i.gyo.u.o./shi.te.i.ma.su.

擔任業務。

経理をしています。
ke.i.ri.o./shi.te.i.ma.su.

擔任經理。

衣料関連の商売をしています。
i.ryo.u.ka.n.re.n.no./sho.u.ba.i.o./shi.te.i.ma.su.

從事衣物相關的買賣。

法律事務所で働いています。
ho.u.ri.tsu.ji.mu.sho.de./ha.ta.ra.i.te./i.ma.su.

在法律事務所工作。

スズキ株式会社に勤務しています。
su.zu.ki.ka.bu.shi.ki.ga.i.sha.ni./ki.n.mu.shi.te.i.ma.su.

在鈴木股份公司工作。

海外営業本部の部長をしています。

ka.i.ga.i.e.i.gyo.u.ho.n.bu.no./bu.cho.u.o./shi.te.i.ma.su.

擔任海外事業總部的部長。

公務員をやっています。
ko.u.mu.i.n.o./ya.tte.i.ma.su.

是公務員。

私 は主婦です。
wa.ta.shi.wa./shu.fu.de.su.

我是家庭主婦。

大学で教師をしています。
da.i.ga.ku.de./kyo.u.shi.o./shi.te.i.ma.su.

在大學當老師。

ネット関連の仕事をしています。
ne.tto.ka.n.re.n.no./shi.go.to.o./shi.te.i.ma.su.

從事網路相關的工作。

出版社に勤めています。
shu.ppa.n.sha.ni./tsu.to.me.te.i.ma.su.

在出版社工作。

人事を担当しています。
ji.n.ji.o./ta.n.to.u.shi.te.i.ma.su.

負責人事工作。

アジア太平洋地域を担当しています。
a.ji.a.ta.i.he.i.yo.u.chi.i.ki.o./ta.n.to.u.shi.te.i.ma.su.

負責亞太地區。

3年間勤務しています。
sa.n.ne.n.ka.n./ki.n.mu.shi.te.i.ma.su.

已經工作了3年。

退職しています。
ta.i.sho.ku./shi.te.i.ma.su.

已經離開公司了。

元英語教師です。
mo.to./e.i.go.kyo.u.shi.de.su.

以前是英語老師。

レジ係をしたことがあります。
re.ji.ka.ka.ri.o./shi.ta.ko.to.ga./a.ri.ma.su.

曾經擔任過櫃檯收銀。

アルバイトをしています。
a.ru.ba.i.to.o./shi.te.i.ma.su.
在打工。

これまでずっと営業の仕事をしていま
す。
ko.re.ma.de./su.tto./e.i.gyo.u.no./shi.go.to.o./shi.
te.i.ma.su.
至今都是從事業務的工作。

今のポストの前は大阪支店で2年間
店長をしていました。
i.ma.no.po.su.to.no.ma.e.wa./o.o.sa.ka.shi.te.n.de./
ni.ne.n.ka.n./te.n.cho.u.o./shi.te.i.ma.shi.ta.
現在的職位之前,是在大阪分公司擔任了2年的店
長。

日本の仕事は厳しいですが、少なくとも
やりがいはあります。
ni.ho.n.no./shi.go.to.wa./ki.bi.shi.i.de.su.ga./su.ku.

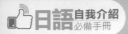
na.ku.to.mo./ya.ri.ga.i.wa./a.ri.ma.su.

雖然在日本的工作很辛苦，但是有工作價值。

仕事は殆どフランス語でしたので、語
学力がかなり上達しました。
shi.go.to.wa./ho.to.n.do./fu.ra.n.su.go.de.shi.ta.no.
de./go.ga.ku.ryo.ku.ga./ka.na.ri./jo.u.ta.tsu.shi.
ma.shi.ta.

工作幾乎是用法語，所以語言能力進步很多。

ずっと同じ会社で仕事をしています。
zu.tto./o.na.ji./ka.i.sha.de./shi.go.to.o./shi.te.i.ma.su.

我一直在同一間公司工作。

私は営業担当の副社長の秘書です。
wa.ta.shi.wa./e.i.gyo.u.ta.n.to.u.no./fu.ku.sha.cho.
u.no./hi.sho.de.su.

我是負責業務的副社長的秘書。

研究開発を担当しています。
ke.n.kyu.u.ka.ha.tsu.o./ta.n.to.u.shi.te./i.ma.su.

我負責研究開發。

Track-C2-2

工作環境、內容

實戰會話

私は家電量販店に勤めています。

wa.ta.shi.wa./ka.de.n.ryo.u.ha.n.te.n.ni./tsu.to.me.te.i.ma.su.

我在家電量販店工作。

会社は台北にあります。

ka.i.sha.wa./ta.i.pe.i.nik./a.ri.ma.su.

公司在台北。

勤務体制はフレックス制なので、仕事の状況に応じて自分で決められます。

ki.n.mu.ta.i.se.i.wa./fu.re.kku.su.se.i.na.no.de./shi.go.to.no./jo.u.kyo.u.i.o.u.ji.te./ji.bu.n.de./ki.me.ra.re.ma.su.

工作是彈性上班時間制，所以依工作情況自己

決定。

勤務時間は朝9時から、午後6時までです。

ki.n.mu.ji.ka.wa./a.sa.ku.ji.ka.ra./go.go.ro.ku.ji.ma.de.de.su.

工作時間是早上9點到下午6點。

オフィスは個室ではなく、広い大部屋でみんな一緒に仕事をします。

o.fi.su.wa./ko.shi.tsu.de.wa.na.ku./hi.ro.i./o.o.be.ya.de./mi.n.na./i.ssho.ni./shi.go.to.o./shi.ma.su.

辦公室不是個人的，而是在大的辦公室大家一起工作。

午後3時はお茶の時間です。

go.go.sa.n.ji.wa./o.cha.no.ji.ka.n.de.su.

下午3點是點心時間。

新入社員は入り口の近くに座っていま

す。
shi.n.nyu.u.sha.i.n.wa./i.ri.gu.chi.no./chi.ka.ku.ni./
su.wa.tte.i.ma.su.

新人通常坐在入口附近。

昼は1時間の休みがあります。
hi.ro.wa./i.chi.ji.ka.n.no./ya.su.mi.ga.a.ri.ma.su.

中午有1小時的休息時間。

有給が1週間ありますが、殆どの
社員が全部の休暇を取りません。
yu.u.kyu.u.ga./i.sshu.u.ka.n.a.ri.ma.su.ga./ho.to.
n.do.no./sha.i.n.ga./ze.n.bu.no./kyu.u.ka.o./to.ri.
ma.se.n.

雖然有1週的特休，但大部分的員工都不會全部用
完。

結婚するまでは社宅に住んでいました。
ke.kko.n.su.ru.ma.de.wa./sha.ta.ku.ni./su.n.de.i.ma.
shi.ta.

在結婚前是住在公司宿舍。

新商品の企画を担当しています。
shi.n.sho.u.hi.n.no./ki.ka.ku.o./ta.n.to.u.shi.te./i.ma.su.

我負責企畫新商品。

ずっと営業部にいますが、職位が上がるに従って、仕事の内容は変わっています。
zu.tto./e.i.gyo.u.bu.ni./i.ma.su.ga./sho.ku.i.ga./a.ga.ru.ni./shi.ta.ga.tte./shi.go.to.no./na.i.yo.u.wa./ka.wa.tta.i.ma.su.

雖然一直在業務部，但隨著升職，工作的內容也有改變。

私は人事部の所属なので、めったに出張する機会はありません。
wa.ta.shi.wa./ji.n.ji.bu.no./sho.zo.ku.na.no.de./me.tta.ni./shu.ccho.u.su.ru./ki.ka.i.wa./a.ri.ma.se.n.

因為我隸屬人事部，所以很少會有出差的機會。

通勤時間

實戰會話

私(わたし)は広告会社(こうこくがいしゃ)に勤(つと)めています。
wa.ta.shi.wa./ko.u.ko.ku.ga.i.sha.ni./tsu.to.me.te.i.ma.su.

我在廣告公司工作。

会社(かいしゃ)は台北市(たいぺいし)にあります。
ka.i.sha.wa./ta.i.be.i.shi.ni./a.ri.ma.su.

公司在台北市。

いつもバスで通勤(つうきん)しています。
i.tsu.mo./ba.su.de./tsu.u.ki.n.shi.te.i.ma.su.

我都是坐公車通勤。

交通(こうつう)渋滞(じゅうたい)に巻(ま)き込(こ)まれないようにできるだけ早(はや)めに家(いえ)を出(で)るようにしています。
ko.u.tsu.u.ju.u.ta.i.ni./ma.ki.ko.ma.re.na.i.yo.u.ni./do.ki.ru.da.ke.ha.ya.me.ni./i.e.o.de.ru.yo.

u.ni./shi.te.i.ma.su.

為了不遇上塞車，所以都盡早從家裡出發。

實用短句

家から会社まで合計約1時間半かかります。

i.e.ka.ra./ka.i.sha.ma.de./ko.u.ke.i./ya.ku./i.chi.ji.ka.n.ha.n./ka.ka.ri.ma.su.

從家裡到公司大概要1個半小時。

ラッシュアワーにはものを読むスペースもないくらいです。

ra.sshu.a.wa.a.ni.wa./mo.no.o./yo.mu.su.pe.e.su.mo.na.i./ku.ra.i.de.su.

尖峰時間，車上根本沒有閱讀的空間。

車を持っていますが、道路の渋滞と駐車場が遠いから会社への往復には使えません。

ku.ru.ma.o./mo.tte.i.ma.su.ga./do.u.ro.no./ju.u.ta.i.to./chu.u.sha.jo.u.ga./to.o.i.ka.ra./ka.i.sha.e.no./

o.u.fu.ku.ni.wa./tsu.ka.e.ma.se.n.

雖然有車子，但因為會塞車還有停車場很遠，所以上班時不開。

<ruby>帰<rt>かえ</rt></ruby>りの<ruby>電車<rt>でんしゃ</rt></ruby>は<ruby>混<rt>こ</rt></ruby>んでいないので、<ruby>本<rt>ほん</rt></ruby>も<ruby>読<rt>よ</rt></ruby>めるし<ruby>居眠<rt>いねむ</rt></ruby>りもできます。

ka.e.ri.no./de.n.sha.wa./ko.n.de.i.na.i.no.de./ho.n.mo./yo.me.ru.shi./i.ne.mu.ri.mo./de.ki.ma.su.

回程的電車不太擠，所以可以念點書或打個盹。

<ruby>会社<rt>かいしゃ</rt></ruby>は<ruby>以前台北<rt>いぜんたいぺい</rt></ruby>にありましたが、<ruby>今<rt>いま</rt></ruby>は<ruby>変<rt>か</rt></ruby>わって<ruby>台南<rt>たいなん</rt></ruby>にあります。

ka.i.sha.wa./i.ze.n./ta.i.pe.i.ni./a.ri.ma.shi.ta.ga./i.ma.wa./ka.wa.tte./ta.i.na.n.ni./a.ri.ma.su.

公司以前是在台北，現在則搬到台南。

いつも<ruby>電車<rt>でんしゃ</rt></ruby>で<ruby>通勤<rt>つうきん</rt></ruby>しています。

i.tsu.mo./de.n.sha.de./tsu.u.ki.n.shi.te./i.ma.su.

我總是坐電車上班。

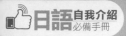

上司、同事

實戰會話

私 は広告会社に勤めています。
wa.ta.shi.wa./ko.u.ko.ku.ga.i.sha.ni./tsu.to.me.
te.i.ma.su.

我在廣告公司工作。

仕事をして来年で8年になります。

shi.go.to.o./shi.te./ra.i.ne.n.de./ha.chi.ne.n.ni./
na.ri.ma.su.

明年就要滿8年了。

ずっと同じ会社で仕事をしています。

zu.tto.o.na.ji.ka.i.sha.de./shi.go.to.o./shi.
te.i.ma.su.

一直都在同一間公司工作。

同じ大学の出身者が多いので、

仕事がしやすいです。
o.na.ji.da.i.ga.ku.no./shu.sshi.n.sha.ga./
o.o.i.no.de./shi.go.to.ga./shi.ya.su.i.de.su.

同事多半是同所大學畢業的，所以工作溝通起
來很簡單。

上司は仕事の時は厳しいんです
が、本当は優しい人です。
jo.u.shi.wa./shi.go.to.no.to.ki.wa./ki.bi.shi.
i.n.de.su.ga./ho.n.to.u.wa./ya.sa.shi.i.hi.to.de.
su.

主管在工作時雖然很嚴格，但其實是很好的
人。

実用短句

会社の人は優しい人ばかりです。
ka.i.sha.no.hi.to.wa./ya.sa.shi.i.hi.to./ba.ka.ri.de.su.

公司的人都是好人。

みんな一生懸命働いています。
mi.n.na./i.ssho.u.ke.n.me.i./ha.ta.ra.i.te.i.ma.su.

大家都很拚命工作。

しゃちょう わか   じつむけいけん ちしき
社長は若いですが、実務経験も知識も

ほうふ
豊富です。

sha.cho.u.wa./wa.ka.i.de.su.ga./ji.tu.mu.ke.i.ke.

n.mo./chi.shi.ki.mo./ho.u.fu.de.su.

社長雖然年輕，但實務經驗和知識都很豐富。

なか   どうりょう   おお   いっしょ
仲のいい同僚が多くて、よく一緒に

しょくじ い
食事に行きます。

na.ka.no.i.i.do.u.ryo.u.ga./o.o.ku.te./yo.ku./i.ssho.ni./

sho.ku.ji.ni./i.ki.ma.su.

和大部分的同事感情都很好，經常一起去吃飯。

せんぱい
先輩はみんな優しいです。
        やさ

se.n.pa.i.wa./mi.n.na./ya.sa.shi.i.de.su.

前輩都很好。

どうりょう   としうえ   しんせつ
同僚は年上ばかりで、いつも親切に

しどう
指導してくれます。

do.u.ryo.u.wa./to.shi.u.e.ba.ka.ri.de./i.tsu.mo./shi.

n.se.tsu.ni./shi.do.u.shi.te.ku.re.ma.su.

同事很多年紀都比我大，總是很親切的教導我。

嫌いな同僚は1人もいません。
ki.ra.i.na./do.u.ryo.u.wa./hi.to.ri.mo./i.ma.se.n.

沒有討厭的同事。

会社の人はみんな個性的です。
ka.i.sha.no./hi.to.wa./mi.n.na./ko.se.i.te.ki./de.su.

公司的每個人都很有個性。

同僚はみんな気さくで、英語を話せな
い私にも気軽に話しかけてくれます。
do.u.ryo.u.wa./mi.n.na./ki.sa.ku.de./e.i.go.o./ha.na.
se.na.i./wa.ta.shi.ni.mo./ki.ga.ru.ni./ha.na.shi.ka.ke.
te./ku.re.ma.su.

同事每個人都很直爽，會很主動的和不會英文的我聊
天。

私の会社の人は真面目な人ばかりで
す。
wa.ta.shi.no./ka.i.sha.no./hi.to.wa./ma.ji.me.na.hi.to./
ba.ka.ri.de.su.

公司裡盡是些認真的人。

CHAPTER.03

學校篇

所屬學校、主修

實戰會話

はじめまして、陳太郎と申します。

ha.ji.me.ma.shi.te./chi.n.ta.ro.u.to./mo.u.shi.
ma.su.

初次見面，我叫陳太郎。

台湾の台北市の出身です。

ta.i.wa.n.no./ta.i.pe.i.shi.no./shu.sshi.n.de.su.

來自台灣的台北市。

今は台湾大学で国際経済を勉強しています。

i.ma.wa./ta.i.wa.n.da.ga.ku.de./ko.ku.sa.i.ke.
i.za.i.o./be.n.kyo.u.shi.te.i.ma.su.

現在在台灣大學主修國際經濟。

私の趣味はスポーツと音楽です。

wa.ta.shi.no./shu.mi.wa./su.po.o.tsu.to./o.n.ga.ku.de.su.

我的興趣是運動和音樂。

實用短句

わたし りゅうがくせい
私 は留学生です。
wa.ta.shi.wa./ryu.u.ga.ku.se.i.de.su.

我是留學生。

わたし だいがくせい
私 は大学生です。
wa.ta.shi.wa./da.i.ga.ku.se.i.de.su.

我是大學生。

せんもん かがく
専門は化学です。
se.n.mo.n.wa./ka.ga.ku.de.su.

我主修化學。

たいわんだいがく かよ
台湾大学に通っています。
ta.i.wa.n.da.i.gak.u.ni./ka.yo.tte./i.ma.su.

我在台灣大學念書。

がっこう たいぺい
学校は台北にあります。

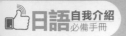

ga.kko.u.wa./ta.i.pe.i.ni./a.ri.ma.su.

學校在台北。

じゅぎょう　じ
授業は9時からです。
ju.gyo.u.wa./ku.ji.ka.ra.de.su.

上課是從9點開始。

でんしゃ　かよ
いつも電車で通っています。
i.tsu.mo./de.n.sha.de./ka.yo.tte.i.ma.su.

都是坐電車通勤。

がつ　　　　　たいわんだいがく　　かがくがっか　べんきょう
4月から、台湾大学の化学学科で勉強

しています。
shi.ga.tsu.ka.ra./ta.i.wa.n.da.i.ga.ku.no./ka.ga.ku.ga.

kka.de./be.n.kyo.u.shi.te./i.ma.su.

4月開始在台大的化學系念書。

がくぶ　　ぶんがくぶ
学部は文学部です。
ga.ku.bu.wa./bu.n.ga.ku.bu.de.su.

學院是文學院。

にほんごがく　　せんこう
日本語学を専攻しています。

ni.ho.n.go.ga.ku.o./se.n.ko.u.shi.te.i.ma.su.

主修日本語學。

ゼミで対照言語学を勉強しています。
ze.mi.de/ta.i.syo.u.ge.n.go.ga.ku.wo/be.n.kyo.u.si.

te.i.ma.su.

在討論會學習對照語言學。

卒論は日中言語対照です。
so.tsu.ro.n.wa./ni.cchu.u.ge.n.go.ta.i.sho.u.de.su.

畢業論文是中日言語對照。

私 は美大生です。
wa.ta.shi.wa./bi.da.i.se.i.de.su.

我是藝術大學的學生。

今は大学4年生です。
i.ma.wa./da.i.ga.ku./yo.ne.n.se.i.de.su.

我今年大四。

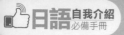

社團

實戰會話

わたし　なまえ　ちんたろう
私 の名前は陳太郎です。
wa.ta.shi.no./na.ma.e.wa./chi.n.ta.ro.u.de.su.
我的名字是陳太郎。

だいがく　ねんせい
大学2年生です。
da.i.ga.ku./ni.ne.n.se.i.de.su.
大學2年級。

わたし
私 はピアノをひくことが好きで
す。
wa.ta.shi.wa./pi.a.no.o./hi.ku.ko.to.ga./su.ki.
de.su.
我喜歡彈鋼琴。

がっこう　がっしょうぶ　はい
学校で合唱部に入っています。
ga.kko.u.de./ga.ssho.u.bu.ni./ha.i.tte.i.ma.su.
加入了學校的合唱社。

まいあさ　うた　れんしゅう
毎朝、歌を練習しています。

ma.i.a.sa./u.ta.o./re.n.shu.u.shi.te./i.ma.su.

每天早上都練習合唱。

實用短句

私 は高校での 3 年間、演劇部に所属
し、3 年生のときは部長を務めました。
wa.ta.shi.wa./ko.u.ko.u.de.no./sa.n.ne.n.ka.n./
e.n.ge.ki.bu.ni./sho.zo.ku.shi./sa.n.ne.n.se.i.no./to.ki.
wa./bu.cho.u.o./tsu.to.me.ma.shi.ta.

我在高中3年間，都是戲劇社，3年級的時候擔任社長。

私 は1年生の初めから文芸部に入部
し、小説やエッセイをたくさん読んで
きました。
wa.ta.shi.wa./i.chi.ne.n.se.i.no./ha.ji.me.ka.ra./
bu.n.ge.i.bu.ni./nyu.u.bu.shi./sho.u.se.tsu.ya./e.sse.
i.o./ta.ku.sa.n.yo.n.de./ki.ma.shi.ta.

我從1年級時就加入文藝社，讀了很多小說和散文。

高校では一生続けられるスポーツとし

て硬式テニス部に入部し、体を鍛える

つもりです。

ko.u.ko.u.de.wa./i.ssho.u.tsu.zu.ke.ra.re.ru.su.
po.o.tsu.to.shi.te./ko.u.shi.ki./te.ni.su.bu.ni./nyu.u.bu.
shi./ka.ra.da.o./ki.ta.e.ru./tsu.mo.ri.de.su.

高中時因為想要從事可以一輩子都進行的運動，所以
進入網球社，想要鍛練身體。

高校の部活では服飾研究会に所属

し、ファッションデザインやコーディネ

イトの基本を勉強してきました。

ko.u.ko.u.no./bu.ka.tsu.de.wa./fu.ku.sho.ku.ke.
n.kyu.u.ka.i.ni./sho.zo.ku.shi./fa.ssho.n.de.za.i.n.ya./
ko.o.di.ne.i.to.no./ki.ho.n.o./be.n.kyo.u.shi.te./ki.ma.
shi.ta.

高中社團是服裝研究社，學習服裝設計和搭配。

私は、小学校高学年のときから現在

まで、ずっとサッカー部に所属してきま

した。

wa.ta.shi.wa./sho.u.ga.kko.u./ko.u.ga.ku.ne.n.no.

to.ki.ka.ra./ge.n.za.i.ma.de./zu.tto.sa.kka.a.bu.ni./
sho.zo.ku.shi.te./ki.ma.shi.ta.

我從小學高年級到現在，一直都是足球隊。

現<small>げんざい</small>在も、大学<small>だいがく</small>のサッカー部<small>ぶ</small>でゴールキー
パーを務<small>つと</small>めています。
ge.n.za.i.mo./da.i.ga.ku.no./sa.kka.a.bu.de./go.o.ru.
ki.i.pa.a.o./tsu.to.me.te./i.ma.su.

現在也在大學的足球隊擔任守門員。

野球部<small>やきゅうぶ</small>に入<small>けい</small>っています。
ya.kyu.u.bu.ni./ha.i.tte.i.ma.su.

是棒球隊的一員。

部活<small>ぶかつ</small>で忙<small>いそが</small>しい毎日<small>まいにち</small>を送<small>おく</small>っています。
bu.ka.tsu.de./i.so.ga.shi.i./ma.i.ni.chi.o./o.ku.tte./
i.ma.su.

每天都忙著社團活動。

部活<small>ぶかつ</small>は吹奏楽部<small>すいそうがくぶ</small>で音楽<small>おんがく</small>が大好<small>だいす</small>きです。
bu.ka.tsu.wa./su.i.so.u.ga.ku.bu.de./o.n.ga.ku.ga./
da.i.su.ki.de.su.

我參加吹奏樂社團，很喜歡音樂。

 同學、師長

實戰會話

私 と王くんは高校時代からの
友達です。

wa.ta.shi.to./o.u.ku.n.wa./ko.u.ko.u.ji.da.i.ka.
ra.no./to.mo.da.chi.de.su.

我和小王是高中以來的朋友。

勉 強 や家族のこと、なんでも話
します。

be.n.kyo.u.ya./ka.zo.ku.no.ko.to./na.n.de.mo./
ha.na.shi.ma.su.

無論是課業還是家庭的事,無話不談。

今はあまり会えませんが、なにか
あれば電話で相談しあっていま
す。

i.ma.wa./a.ma.ri./a.e.ma.se.n.ga./na.ni.ka./
a.re.ba./de.n.wa.de./so.u.da.n.shi.a.tte.i.ma.

su.

現在雖然不常見面，但若有什麼事還是會用電話和他商量。

實用短句

いちばんなか　　　　　　ともだち　　おう
一番仲のいい友達は王くんです。
i.chi.ba.n./na.ka.no.i.i./to.mo.da.chi.wa./o.u.ku.n.de.

su.

最好的朋友是小王。

わたし　　おう　　　　　　　せんぱい
私 は王くんの先輩です。
wa.ta.shi.wa./o.u.ku.n.no./se.n.pa.i.de.su.

我是小王的學長。

こうこう　　　　ともだち　　いちばんなかよ
高校の友達と一番仲良くしています。
ko.u.ko.u.no./to.mo.da.chi.to./i.chi.ba.n./na.ka.yo.ku.

shi.te./i.ma.su.

和高中時代的朋友最好。

わたし　　おう
私 と王くんはおさななじみです。
wa.ta.shi.to./o.u.ku.n./wa./o.sa.na.na.ji.mi.de.su.

我和小王是從小一起長大的。

彼はなんでも手伝ってくれます。
ka.re.wa./na.n.de.mo./te.tsu.da.tte./ku.re.ma.su.

不管什麼事他都會幫我。

クラスの担任は王先生です。
ku.ra.su.no./ta.n.ni.n.wa./o.u.se.n.se.i.de.su.

班上的導師是王老師。

先生は若くて話しやすいです。
se.n.se.i.wa./wa.ka.ku.te./ha.na.shi.ya.su.i.de.su.

老師很年輕，所以容易溝通。

3年間ずっと同じ先生が担任していま

す。
sa.n.ne.n.ka.n./zu.tto./o.na.ji./se.n.se.i.ga./ta.n.ni.
n.shi.te./i.ma.su.

3年來都是同一位級任導師。

CHAPTER.04

興趣篇

私は…

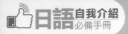

閱讀

實戰會話

みなさん、こんにちは。
mi.na.sa.n./ko.n.ni.chi.wa.
大家好。

私 は、陳太郎です。
わたし　　　ちんたろう
wa.ta.shi.wa./chi.n.ta.ro.u.de.su.
我叫陳太郎。

本を読むことが好きで、特に、
ほん　よ　　　　　　　す　　　　とく
推理小 説が大好きです。
すいりしょうせつ　だいす
ho.n.o./yo.mu.ko.to.ga./su.ki.de./to.ku.ni./
su.i.ri.sho.u.se.tsu.ga./da.i.su.ki.de.su.
我喜歡念書，且特別喜歡推理小説。

将 来は、国語の先生になりたい
しょうらい　　こくご　せんせい
です。
sho.u.ra.i.wa./ko.ku.go.no./se.n.se.i.ni./na.ri.
ta.i.de.su.

將來想成為國文老師。

實用短句

私 は本が好きです。
わたし ほん す
wa.ta.shi.wa./ho.n.ga./su.ki.de.su.

我喜歡念書。

趣味は読書と映画です。
しゅみ どくしょ えいが
shu.mi.wa./do.ku.sho.to./e.i.ga.de.su.

興趣是閱讀和電影。

小 説 を読むのが好きで、とくにミステ
しょうせつ よ す
リーが好きです。
す
sho.u.se.tsu.o./yo.mu.no.ga./su.ki.de./to.ku.ni./mi.su.
te.ri.i.ga./su.ki.de.su.

我喜歡讀小說，尤其懸疑小說。

私 は日本の歴史に興味があります。
わたし にほん れきし きょうみ
wa.ta.shi.wa./ni.ho.n.no./re.ki.shi.ni./kyo.u.mi.ga./
a.ri.ma.su.

我對日本的歷史很有興趣。

週に2、3冊本を読みこなします。
しゅう　　　　　　さつほん　よ
shu.u.ni./ni.sa.n.sa.tsu.ho.n.o./yo.mi.ko.na.shi.
ma.su.

每週會讀2、3本書。

手元の本はなんでも読みますが、推理
てもと　ほん　　　　　　　　よ
小 説が一番好きです。
しょうせつ　　いちばんす
te.mo.to.no./ho.n.wa./na.n.de.mo.yo.mi.ma.su.ga./
su.i.ri.sho.u.se.tsu.ga./i.chi.ba.n.su.ki.de.su.

只要手邊拿得到的書都讀，但其中最喜歡推理小說。

今は雑誌で書 評された 小 説を読んでい
いま　　ざっし　しょひょう　　しょうせつ　よ
ます。
i.ma.wa./za.sshi.de./sho.hyou.u.sa.re.ta./sho.u.se.
tsu.o./yo.n.de.i.ma.su.

現在正在讀雜誌書評推薦的小說。

大学時代には日本文学をたくさん読みま
だいがくじだい　　　にほんぶんがく
した。
da.i.ga.ku.ji.da.i.ni.wa./ni.ho.n.bu.n.ga.ku.o./ta.ku.
sa.n./yo.mi.ma.shi.ta.

大學時代讀了很多日本文學。

推理小説を読むと、お陰で通勤のいらいらがかなり解消します。
su.i.ri.sho.u.se.tsu.o./yo.mu.to./o.ka.ge.de./tsu.u.ki.n.no./i.ra.i.ra.ga./ka.na.ri./ka.i.sho.u.shi.ma.su.

藉由讀推理小說，抒解了通勤時的煩躁。

いつも図書館からエッセイなどをたくさん借りだしています。
i.tsu.mo./to.sho.ka.n.ka.ra./e.sse.i.na.do.o./ta.ku.sa.n./ka.ri.da.shi.te./i.ma.su.

我總是從圖書館借很多散文。

子供のころはいつも漫画を読んでいました。
ko.do.mo.no.ko.ro.wa./i.tsu.mo./ma.n.ga.o./yo.n.de.i.ma.shi.ta..

小時候總是在看漫畫。

家の近くに本屋があるとありがたいです。
i.o.no./ohi.ka.ku.ni./ho.n.ya.ga./a.ru.to./a.ri.ga.ta.i.de.

su.
在家附近有間書店真是太好了。

本を読む人が減っています。
ho.n.o./yo.mu.hi.to.ga./he.tte.i.ma.su.

讀書的人正在減少。

わたしも推理小説が大好きです。
wa.ta.shi.mo./su.ri.sho.u.se.tsu.ga./da.i.su.ki.de.su.

我也喜歡推理小說。

本は、やっぱり推理小説が一番好きで

す。
ho.n.wa./ya.ppa.ri.su.ri.sho.u.se.tsu.ga./i.chi.ba.n.su.

ki.de.su.

我最喜歡推理小說。

毎週、本屋で本を買います。
ma.i.shu.u./ho.n.ya.de./ho.n.o./ka.i.ma.su.

每星期都會到書店買書。

Track-C4-7

電視

實戰會話

私(わたし)は主婦(しゅふ)になって以来(いらい)、テレビ
が大好(だいす)きになりました。

wa.ta.shi.wa./shu.fu.ni.na.tte.i.ra.i./te.re.bi.ga./
da.i.su.ki.ni./na.ri.ma.shi.ta.

我成為家庭主婦之後，就變得很愛看電視。

独身(どくしん)の頃(ころ)は朝(あさ)から晩(ばん)まで働(はたら)いて
いてドラマなんて見(み)る時間(じかん)もなか
ったので、

do.ku.shi.n.no.ko.ro.wa./a.sa.ka.ra./ba.n.ma.
de./ha.ta.ra.i.te.i.te./do.ra.ma.na.n.te./mi.ru.
ji.ka.n.mo./na.ka.tta.no.de.

因為單身的時候，從早到晚都在工作，根本沒
有看電視的時間。

今(いま)の私(わたし)は昼間(ひるま)の再放送(さいほうそう)から夜(よる)の
連(れん)ドラまでほとんど見尽(みつ)くしてい

133

ます。
i.ma.no.wa.ta.shi.wa./hi.ru.ma.no./sa.i.ho.u.so.
u.ka.ra./yo.ru.no./re.n.do.ra.ma.de./ho.to.n.do./
mi.tsu.ku.shi.te.i.ma.su.

現在則是從白天的重播到晚上的連續劇，我幾乎都看了。

最近では今まで興味がなかった
昼ドラにもはまっています。
sa.i.ki.n.de.wa./i.ma.ma.de./kyo.u.mi.ga./
na.ka.tta./hi.ru.do.ra.ni.mo./ha.ma.tte.i.ma.su.

最近則迷上了以前沒興趣的日間連續劇。

實用短句

ドキュメンタリー、大河ドラマ、プロ
野球が好きです。
do.kyu.me.n.ta.ri.i./ta.i.ga.do.ra.ma./pu.ro.ya.kyu.
u.ga.su.ki.de.su.

我喜歡看記錄短片、大河劇(歷史劇)、職棒轉播。

台湾の家庭にはほぼ100％テレビがあり

ます。
ta.i.wa.n.no./ka.te.i.ni.wa./ho.bo./ya.ku.pa.a.se.n.to./
te.re.bi.ga./a.ri.ma.su.

台灣的電視普及率幾乎是100%。

妻はドラマやバラエティ番組をいつも見

ています。
tsu.ma.wa./do.ra.ma.ya./ba.ra.e.ti.ba.n.gu.mi.o./i.tsu.
mo./mi.te.i.ma.su.

我老婆總是在看連續劇和綜藝節目。

テレビはあまり見ません。
te.re.bi.wa./a.ma.ri./mi.ma.se.n.

我不太看電視。

最近の若い人は、テレビをあまり見なく

なっています。
sa.i.ki.n.no./wa.ka.i.hi.to.wa./te.re.bi.o./a.ma.ri.mi.
na.ku.na.tte.i.ma.su.

最近的年輕人，已經漸漸不看電視了。

私 はテレビを見る時間をもっと減らし

て、勉強の時間を増やさなければいけ
ないと思っています。
wa.ta.shi.wa./te.re.bi.o./mi.ru.ji.ka.no./mo.tto./he.ra.
shi.te./be.n.kyo.u.no./ji.ka.n.o./fu.ya.sa.na.ke.re.ba./
i.ke.na.i.to./o.mo.tte./i.ma.su.

我覺得應該要減少看電視的時間，多增加念書的時間
才行。

私 は音楽番組が好きです。
wa.ta.shi.wa./o.n.ga.ku.ba.n.gu.mi.ga./su.ki.de.su.

我喜歡看音樂節目。

ニュースしか見てません。
nyu.u.su.shi.ka./mi.te.ma.se.n.

我只看新聞。

どんな番組でも好きです。
do.n.na./ba.n.gu.mi.de.mo./su.ki.de.su.

不管什麼節目我都喜歡。

Track-C4-3

網路、電腦

實戰會話

私は情報工学科の学生ですが、
wa.ta.shi.wa./jo.u.ho.u.ko.u.ga.ku.ka.no./
ga.ku.se.i.de.su.ga.

我雖然是資訊工程系的學生，

けっしてコンピュータオタクでは
ありません。
ke.sshi.te./ko.n.pyu.u.ta.o.ta.ku.de.wa./a.ri.
ma.se.n.

但絕對不是電腦御宅族。

意味不明なプログラム言語の解説
をユーザーの方々にして差し上げ
ても、ナンセンスだと思います。
i.mi.fu.me.i.na./pu.ro.gu.ra.u./ge.n.go.no./
ka.i.se.tsu.o./yu.u.za.u.na./na.n.se.n.su

te./sa.shi.a.ge.te.mo./na.n.se.n.su.da.to./o.mo.i.ma.su.

我覺得向使用者解説抽象的程式語言，是沒常識的事情。

IT企業（きぎょう）は技術（ぎじゅつ）を売（う）るものではなく、使（つか）いやすさと使（つか）う楽（たの）しさを提供（ていきょう）するものだと信（しん）じています。

a.i.ti.ki.gyo.u.wa./gi.ju.tsu.o./u.ru.mo.no.de.wa.na.ku./tsu.ka.i.ya.su.sa.to./tsu.ka.u.ta.no.shi.sa.o./te.i.kyo.u.su.ru.mo.no.no.da.to./shi.n.ji.te.i.ma.su.

我相信IT企業並不是販賣技術，而是提供使用方便以及使用的樂趣。

實用短句

休日（きゅうじつ）お出掛（でか）けするときのグルメ情報（じょうほう）や旅行前（りょこうまえ）の下調（したしら）べなどは、インターネットで情報（じょうほう）を検索（けんさく）します。

kyu.u.ji.tsu./o.de.ka.ke.su.ru.to.ki.no./gu.ru.me.jo.

u.ho.u.ya./ryo.ko.u.ma.e.no./shi.ta.shi.ra.be.na.do.
wa./i.n.ta.a.ne.tto.de./jo.u.ho.u.o./ke.n.sa.ku.shi.
ma.su.

在假日出去玩時，會利用網路調查美食情報或是做旅
行前的功課。

インターネットは 私 の趣味のひとつであ
るとも言えます。
i.n.ta.a.ne.tto.wa./wa.ta.shi.no./shu.mi.no./hi.to.tsu.
de.a.ru.to./i.e.ma.su.

網路可說是我的興趣之一。

休 日にネットショッピングでお買 物を
楽しんでいます。
kyu.u.ji.tsu.ni./ne.tto.sho.ppi.n.gu.de./o.ka.i.mo.
no.o./ta.no.shi.n.de.i.ma.su.

我很喜歡在假日網購。

はじめて、インターネットでネットサー
フィンをした時の感動は、今でも忘れら
れません。
ha.ji.me.te./i.n.ta.a.ne.tto.de./ne.tto.sa.a.ti.n.no./shi.

ta.to.ki.no./ka.n.do.u.wa./i.ma.de.mo./wa.su.re.ra.
re.ma.se.n.

我至今無法忘記，第一次在網路上逛網站的感動。

インターネットとの出会いは、 私 の
人生をいい方向へ、大きく変えてくれた
と思います。

i.n.ta.a.ne.tto.to.no./de.a.i.wa./wa.ta.shi.no.ji.n.se.
i.o./i.i.ho.u.ko.u.e./o.o.ki.ku./ka.e.te.ku.re.ta.to./o.mo.
i.ma.su.

我覺得認識了網路，將我的人生往好的方向做了很大
的轉變。

私 の趣味はゲームなのですが、夜中まで
やってしまい、翌日の仕事がとてもつら
いです。

wa.ta.shi.no./shu.mi.wa./ge.e.mu.na.no.de.su.ga./
yo.na.ka.ma.de./ya.tte.shi.ma.i./yo.ku.ji.tsu.no./si.go.
to.ga./to.te.mo./tsu.ra.I.de.su.

我的興趣是打電動，總是不小心玩到半夜，第二天上
班很痛苦。

自分でも、そこそこの時間で切り上げな
ければ、翌日、つらいことは分かってい
るのですが、ついつい遅くまで続けてし
まいます。

ji.bu.n.de.mo./so.ko.so.ko.no./ji.ka.n.de./ki.ri.a.ge.
na.ke.re.ba./yo.ku.ji.tsu./tsu.ra.i.ko.to.wa./wa.ka.tte.
i.ru.no.de.su.ga./tsu.i.tsu.i./o.so.ku.ma.de./tsu.zu.ke.
te./shi..ma.i.ma.su.

自已也知道，不在適當的時間結束的話，第二天會很
痛苦，但還是不小心玩到很晚。

主人も家にいる時間はずっとネットゲー
ムをやっています。

shu.ji.n.mo./i.e.ni.i.ru./ji.ka.n.wa./zu.tto./ne.tto.
ge.e.mu.o./ya.tte.i.ma.su.

我老公在家的時候也總是在玩網路遊戲。

インターネットのない世界は 考 えられま
せん。

i.n.ta.a.ne.tto.no.na.i./se.ka.i.wa./ka.n.ga.e.ra.re.ma.
se n

無法想像沒有網路的世界。

 電影

實戰會話

はじめまして。
ha.ji.me.ma.shi.te.
初次見面。

陳太郎です。
chi.n.ta.ro.u.de.su.
我叫陳太郎。

私は、いつもはおしゃべりで
す。
wa.ta.shi.wa./i.tsu.mo.wa./o.sha.be.ri.de.su.
我平時話很多。

しかし、日本語を話す時はおとな
しい。
shi.ka.shi./ni.ho.n.go.o./ha.na.su.to.ki.wa./o.to.
na.shi.i.
但説日語的時候就會變得安靜。

私 は、映画が好きです。
wa.ta.shi.wa./e.i.ga.ga./su.ki.de.su.
我喜歡看電影。

いつか、字幕無しで映画がわかる

ようになりたいです。
i.tsu.ka./ji.ma.ku.na.shi.de./e.i.ga.ga./wa.ka.
ru.yo.u.ni./na.ri.ta.i.de.su.
希望有一天能不靠字幕就看懂電影內容。

實用短句

映画は大体月に1回くらいだと思いま

す。
e.i.ga.wa./da.i.ta.i./tsu.ki.ni./i.kka.i.ku.ra.i.da.to./
o.mo.i.ma.su.
我大約1個月看1次電影。

一番好きな映画は、海猿です。
i.chi.ba.n.su.ki.na./e.i.ga.wa./u.mi.za.ru.de.su.
最喜歡的電影是海猿。

私 は映画が好きです。

wa.ta.shi.wa./e.i.ga.ga./su.ki.de.su.

我喜歡電影。

心の琴線に触れるような映画が好きです。
ko.ko.ro./no./ki.n.se.n.ni./fu.re.ru.yo.u.na./e.i.ga.ga./su.ki.de.su.

我喜歡看能觸動人心的電影。

私の趣味は映画鑑賞です。
wa.ta.shi.no./shu.mi.wa./e.i.ga.ka.n.sho.u.de.su.

我喜歡看電影。

私の趣味は多いです。映画や野球やゲームなどです。
wa.ta.shi.no./shu.mi.wa./o.o.i.de.su./e.i.ga.ya./ya.kyu.u.ya./ge.e.mu.na.do./de.su.

我的興趣很多，像是電影或是棒球或是電玩等。

まずは映画館で観て、気に入ると必ずDVDを買って家で繰り返し何度も観ます。

ma.zu.wa./e.i.ga.ka.n.de./mi.te./ki.ni.i.ru.to./ka.na.
ra.zu./d.v.d.o.ka.tte./i.e.de./ku.ri.ka.e.shi./na.n.do.
mo./mi.ma.su.

首先去電影院看，如果喜歡的話，一定會買DVD在家
重複看好幾次。

えいがかんしょう　　　　　　　　　　　えいがかん
映画鑑賞をするならやはり映画館がお

すすめです。
e.i.ga.ka.n.sho.u.o./su.ru.na.ra./ya.ha.ri./e.i.ga.
ka.n.ga./o.su.su.me./de.su.

如果要欣賞電影的話，還是建議到電影院去。

おもしろ　　　　　　　　　　えいが　　　み
面白ければ、どんな映画でも見ます。
o.mo.shi.ro.ke.re.ba./do.n.na./e.i.ga.de.mo./mi.ma.
su.

只要有趣，不管什麼電影我都看。

しゅうまつ　　　　　　　　　えいがざんまい
週末は、いつも映画三昧です。
shu.u.ma.tsu.wa./i.tsu.mo./e.i.ga.za.i.ma.i.de.su.

週末總是看各種電影度過一天。

音樂

實戰會話

私、色々な音楽が好きです。
wa.ta.shi./i.ro.i.ro.na./o.n.ga.ku.ga./su.ki.de.su.
我喜歡各種音樂。

実は日本の歌も好きです。
ji.tsu.wa./ni.ho.n.no./u.ta.mo./su.ki.de.su.
日本的音樂我也喜歡。

先日、斉藤和義という歌手を見
つけました。
se.n.ji.tsu./sa.i.to.u.ka.zu.yo.shi.to.i.u.ka.shu.
o./mi.tsu.ke.ma.shi.ta.
前陣子，知道了一位叫齊藤和義的歌手。

彼の歌が大好きです。
ka.re.no./u.ta.ga./da.i.su.ki.de.su.
我很喜歡他的歌。

一日中リピートして聞いていま

す。
i.chi.ni.chiju.u./ri.pi.i.to.shi.te./ki.i.te./i.ma.su.
整天重複放著他的歌聽。

実用短句

音楽も色々なスタイルが好きです。
o.n.ga.ku.mo./i.ro.i.ro./su.ta.i.ru.ga./su.ki.de.su.

我喜歡各種類型的音樂。

演歌も好きです。
e.n.ka.mo./su.ki.de.su.

也喜歡聽演歌。

私 は音楽を聴くのが好きです。
wa.ta.shi.wa./o.n.ga.ku.o./ki.ku.no.ga./su.ki.de.su.

我喜歡聽音樂。

寝 食を忘れて没頭したいくらい音楽が
大好きです。
shi.n.sho.ku.o./wa.su.re.te./bo.tto.u.shi.ta.i./ku.ra.i./

o.n.ga.ku.ga./da.i.su.ki.de.su.

我喜歡音樂，幾乎熱衷到廢寢忘食的程度。

<ruby>自分<rt>じぶん</rt></ruby>では<ruby>弾<rt>ひ</rt></ruby>けませんが、ピアノ<ruby>曲<rt>きょく</rt></ruby>を<ruby>聴<rt>き</rt></ruby>くのが<ruby>好<rt>す</rt></ruby>きです。

ji.bu.n.de.wa./hi.ke.ma.se.n.ga./pi.a.no.kyo.ku.o./

ki.ku.no.ga./su.ki.de.su.

雖然自己不會彈，但我很喜歡聽鋼琴曲。

<ruby>私<rt>わたし</rt></ruby>はクラシック<ruby>音楽<rt>おんがく</rt></ruby>がすごく<ruby>好<rt>す</rt></ruby>きです。

wa.ta.shi.wa./ku.ra.shi.kku/o.n.ga.ku.ga./su.go.ku./

su.ki.de.su.

我非常喜歡古典音樂。

<ruby>一番<rt>いちばん</rt></ruby><ruby>好<rt>す</rt></ruby>きなアーティストはミスチルです。

i.chi.ba.n.su.ki.na.a.a.ti.su.to.wa./mi.su.chi.ru.de.su.

最喜歡的歌手是mr.children。

樂器

實戰會話

私 の趣味はピアノを弾くことで
す。

wa.ta.shi.no./shu.mi.wa./pi.a.no.o./hi.ku.ko.to.
de.su.

我的興趣是彈鋼琴。

幼 い頃からピアノを習ってい
て、途中受験等で中 断しました
が、

o.sa.na.i.ko.ro.ka.ra./pi.a.no.o./na.ra.tte.i.te./
to.chu.u./ju.ke.n.na.do.de./chu.u.da.n.shi.
ma.shi.ta.ga.

小時候就開始學鋼琴，途中雖然因為考試之類
的中斷了，

社会人になっても趣味で習い続け
ています。

sha.ka.i.ji.n.ni.na.tte.mo./shu.mi.de./na.ra.i./
tsu.zu.ke.te.i.ma.su.
但進入社會後還是當作興趣繼續學習。

實用短句

趣味はピアノ演奏です。
shu.mi.wa./pi.a.no./e.n.so.u.de.su.
我的興趣是彈鋼琴。

ギターが少し弾けますが、昔はピアノ
のレッスンも受けていました。
gi.ta.a.ga./su.ko.shi./hi.ke.ma.su.ga./mu.ka.shi.wa./
pi.a.no.no./re.ssu.n.mo./u.ke.te.i.ma.shi.ta.
我會彈一點吉他，以前也上過鋼琴課。

楽譜を読む事は習いましたが、初見で
演奏することはできません。
ga.ku.fu.o./yo.mu.ko.to.wa./na.ra.i.ma.shi.ta.ga./sho.
ke.n.de./e.n.so.u.su.ru.ko.to.wa./de.ki.ma.se.n.
雖然學過看樂譜，但沒辦法第一次看到樂譜就能演
奏。

ギターを買ったばかりで、基本コードの
演奏を習っています。
gi.ta.a.o./ka.tta.ba.ka.ri.de./ki.ho.n./ko.o.do.no./
e.n.so.u.o./na.ra.tte./i.ma.su.

我才剛買吉他，現在還在練習基本的合弦。

演奏は人前でやれるほど上手ではありま
せん。
e.n.so.u.wa./hi.to.ma.e.de./ya.re.ru.ho.do./jo.u.zu.
de.wa./a.ri.ma.se.n.

並沒有好到能表演給大家看。

私の好きな曲をピアノで弾いて差し上
げましょう。
wa.ta.sh.no./su.ki.na.kyo.ku.o./pi.a.no.de./hi.i.te./
sa.shi.a.ge.ma.sho.u.

讓我用鋼琴彈一首我喜歡的曲子給你聽。

暇な時はひたすらピアノを弾いていま
す。
hi.ma.na./to.ki.wa./hi.ta.su.ra./pi.a.no.o./hi.i.te./i.ma.

su.

有空的時候總是在彈鋼琴。

にほん　　しゃみせん　　きょうみ
日本の三味線に興味があります。
ni.ho.n.no./sha.mi.se.n.ni./kyo.u.mi.ga./a.ri.ma.su.

我對日本的三味線很有興趣。

ドラムにはまっています。
do.ra.mu.ni./ha.ma.tte./i.ma.su.

迷上了打鼓。

えんそう　　　　す
ジャズを演奏するのが好きです。
ja.zu.o./e.n.so.u.su.ru.no.ga./su.ki.de.su.

我喜歡演奏爵士樂。

れんしゅう　あ　く
ピアノの練習に明け暮れています。
pi.a.no.no./re.n.shu.u.ni./a.ke.ku.re.te./i.ma.su.

總是整天在練習鋼琴。

旅行

實戰會話

旅行が好きです。
ryo.u.ko.u.ga./su.ki.de.su.

我喜歡旅行。

高2の夏に、京都一人旅をやって
以来、あちこちを旅することが好
きになりました。
ko.u.ni.no./na.tsu.ni./kyo.u.to./hi.to.ri.ta.bi.o./
ya.tte.i.ra.i./a.chi.ko.chi.o./ta.bi.su.ru.ko.to.ga./
su.ki.ni./na.ri..ma.shi.ta.

高2的夏天，1個人去京都旅行之後，就喜歡到
處去旅行。

旅行が好きで、年に1回は海外
旅行をします。
ryo.ko.u.ga./su.ki.de./ne.n.ni./i.kka.i.wa./
ka.i.ga.i.ryo.ko.u.o./shi.ma.su.

因為很喜歡旅行，所以1年會出國1次。

貯金して休みを利用して、自分達
で手配したりガイドブックを買っ
て勉強したりしています。

cho.ki.n.shi.te./ya.su.mi.o./ri.yo.u.shi.te./ji.bu.
n.ta.chi.de./te.ha.i.shi.ta.ri./ga.i.do.bu.kku.o./
ka.tte./be.n.kyo.u.shi.ta.ri./shi.te.i.ma.su.

存錢，然後利用休假，自己安排行程、買旅遊
書來看。

實用短句

台湾は、とっても旅行しやすい所なの
で、特に日本人が来やすい観光地です。

ta.i.wa.n.wa./to.tte.mo./ryo.ko.u.shi.ya.su.i./to.ko.
ro.na.no.de./to.ku.ni./ni.ho.n.ji.n.ga./ki.ya.su.i./
ko.n.ko.u.chi.de.su.

台灣是很適合旅行的地方，特別適合日本人來玩。

国内外を問わず、旅行が好きです。1人
でも、結構、大丈夫です。

ko.ku.na.i.ga.i.o./to.wa.zu./ryo.ko.u.ga./su.ki.de.su./
hi.to.ri.de.mo./ke.kko.u./da.i.jo.u.bu.de.su.

我喜歡旅行，無論是去國內還國外。就算是1個人也
沒問題。

日本中たいていのところは行ったことが
あります。
ni.ho.n.ju.u./ta.i.te.i.nno./to.ko.ro.wa./i.tta.ko.to.ga./
a.ri.ma.su.

日本各地我大概都去過了。

見知らぬ土地で見知らぬ人達と会うのは
楽しみです。
mi.shi.ra.nu./to.chi.de./mi.shi.ra.nu./hi.to.ta.chi.to./
a.u.no.wa./ta.no.shi.mi.de.su.

我很喜歡在陌生的土地上和陌生人相遇。

一人旅でも、家族連れでも好きです。
hi.to.ri.ta.bi.de.mo./ka.zo.ku.zu.re.de.mo./su.ki.
de.su.

無論是一個人旅行，還是帶家人去，我都喜歡。

これまで行ったうちで一番遠いのはカナ

ダです。
ko.re.ma.de./i.tta.u.chi.de./i.chi.ba.n./to.o.i.no.wa./

ka.na.da.de.su.

目前為止去過最遠的國家是加拿大。

<ruby>私<rt>わたし</rt></ruby> は<ruby>旅行<rt>りょこう</rt></ruby>が<ruby>好<rt>す</rt></ruby>きです。
wa.ta.shi.wa./ryo.ko.u.ga./su.ki.de.su.

我喜歡旅行。

<ruby>友達<rt>ともだち</rt></ruby>と<ruby>温泉旅行<rt>おんせんりょこう</rt></ruby>をするのが<ruby>大好<rt>だいす</rt></ruby>きです。
to.mo.da.chi.to./o.n.se.n.ryo.ko.u.o./su.ru.no.ga./

da.i.su.ki.de.su.

我最喜歡和朋友去溫泉旅行。

<ruby>私<rt>わたし</rt></ruby> たちは<ruby>韓国<rt>かんこく</rt></ruby>へ<ruby>旅行<rt>りょこう</rt></ruby>に<ruby>行<rt>い</rt></ruby>こうと<ruby>計画<rt>けいかく</rt></ruby>し

ています。
wa.ta.shi.da.chi.wa./ka.n.ko.ku.e./ryo.ko.u.ni./i.ko.

u.to./ke.i.ka.ku./shi.te.i.ma.su.

我們現在正計畫到韓國旅行。

Track-C4-8

美食、廚藝

實戰會話

私はピアノを弾くことと料理が
得意です。

wa.ta.shi.wa./pi.a.no.o./hi.ku.ko.to.to./ryo.u.ri.
ga./to.ku.i.de.su.

我擅長彈鋼琴和作菜。

土曜日と日曜日の朝食は私が
作ります。

do.yo.u.bi.to./ni.chi.yo.u.bi.no./cho.u.sho.
ku.wa./wa.ta.shi.ga./tsu.ku.ri.ma.su.

週六週日的早餐都是我負責。

今度、私の家に遊びにきてくだ
さい。

ko.n.do./wa.ta.shi.no./i.e.ni./a.so.bi.ni./ki.te.
ku.da.sa.i.

下次請到我家來玩。

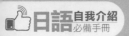

實用短句

趣味は料理です。
shu.mi.wa./ryo.u.ri.de.su.

我的興趣是作菜。

料理が得意です。
ryo.u.ri.ga./to.ku.i.de.su.

我擅長作菜。

その土地の材料を生かしたものがいい
料理だと思います。
so.no.to.chi.no./za.i.ryo.u.o/i.ka.shi.ta.mo.no.ga./

i.i.ryo.u.ri.da.to./o.mo.i.ma.su.

我覺得擅用當地料理做的菜就是好料理。

友達とあちこち食べ歩いています。
to.mo.da.ch.to./a.chi.ko.chi./ta.be.a.ru.i.te.i.ma.su.

總是和朋友到處吃。

日本酒については自信があります。
ni.ho.n.shu.ni./tu.i.te.wa./ji.shi.n.ga.a.ri.ma.su.

對日本酒很了解。

にくりょうり す
肉料理が好きです。
ni.ku.ryo.u.ri.ga./su.ki.de.su.

喜歡肉類料理。

ちい ころ りょうりばんぐみ だいす
小さな頃から料理番組が大好きです。
chi.i.sa.na.ko.ro.ka.ra./ryo.u.ri.ba.n.gu.mi.ga./da.i.su.

ki.de.su.

從小就很愛看料理節目。

りょうりにん
料理人になりたいです。
ryo.u.ri.ni.n.ni./na.ri.ta.i.de.su.

我想成為廚師。

わしょく おお ちゅうか つく
和食が多いですが、中華も作ります。
wa.sho.ku.ga./o.o.i.de.su.ga./chu.u.ka.mo./tsu.ku.ri.

ma.su.

雖然多半做日式料理，但也會做中式料理。

収藏

實戰會話

ミニカー集めは、小さい時から自動車が好きで 小学1年の頃から集めています。

mi.ni.ka.a.a.tsu.me.wa./chi.i.sa.i.to.ki.ka.ra./ji.do.u.sha.ga./su.ki.de./sho.u.ga.ku./i.chi.ne.n.no./ko.ro.ka.ra./a.tsu.me.te.i.ma.su.

小時候因為喜歡車，就從小學一年級的時候，開始收集模型車。

今はミニカーマガジンを読んだり，古いミニカーを集めるようになりました。

i.ma.wa./mi.ni.ka.a.ma.ga.ji.n.o./yo.n.da.ri./fu.ru.i./mi.ni.ka.a.o./a.tsu.me.ru.yo.u.ni./na.ri.ma.shi.ta.

現在則是會讀模型車雜誌，收集舊的模型車。

實用短句

趣味は外国のコイン集めです。
shu.mi.wa./ga.i.ko.ku.no./ko.i.n.a.tsu.me.de.su.

我的興趣是收集外國硬幣。

海外に行く友人に一枚持ち帰ってくる
ように頼んでいます。
ka.i.ga.i.ni./i.ku.yu.u.ji.n.ni./i.chi.ma.i./mo.chi.ka.e.tte.

ku.ru.yo.u.ni./ta.no.n.de./i.ma.su.

總是會拜託出國的朋友幫我帶一個回來。

趣味は切手集めです。
shu.mi.wa./ki.tte.a.tsu.me.de.su.

我的興趣是集郵。

あちこちドライブしてスタンプを集める
のが趣味です。
a.chi.ko.chi./do.ra.i.bu.shi.te./su.ta.n.pu.o./a.tsu.

me.ru.no.ga./shu.mi.de.su.

我喜歡到處兜風，收集各地的章。

趣味は食器集めです。

shu.mi.wa./sho.kki.a.tsu.me.de.su.

我的興趣是收集餐具。

趣味はフィギュア集めです。
shu.mi.wa./fi.gyu.a./a.tsu.me.de.su.

我的興趣是收集人偶。

趣味は楽譜集めです。
shu.mi.wa./ga.ku.fu./a.tsu.me.de.su.

我的興趣是收集樂譜。

趣味はアクセサリー、帽子集めです。
shu.mi.wa./a.ku.se.sa.ri.i./bo.u.shi./a.tsu.me.de.su.

我的興趣是收集飾品、帽子。

コレクションの数はかなりのものになり

ました。
ko.re.ku.sho.n.no./ka.zu.wa./ka.na.ri.no./mo.no.ni./

na.ri.ma.shi.ta.

收藏品的數量已經多到驚人了。

攝影

實戰會話

趣味は写真を撮ることです。
shu.mi.wa./sha.shi.n.o./to.ru.ko.to.de.su.
我的興趣是攝影。

なんでも撮りますが、特に風景
写真が好きです。
na.n.de.mo.to.ri.ma.su.ga./to.ku.ni./fu.u.ke.
i.sha.shi.n.ga./su.ki.de.su.
雖然什麼都拍,但最喜歡拍風景。

どこに出掛けても、自分が見たも
のを記録として残したいと思える
ようになりました。
do.ko.ni./de.ka.ke.te.mo./ji.bu.n.ga./mi.ta.
mo.no.o./ki.ro.ku.to.shi.te./no.ko.shi.ta.i.to./
o.mo.e.ru.yo.u.ni./na.ri.ma.shi.ta.
現仕無論去哪裡,都會想把自己看到的東西記

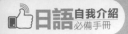
録下來。

實用短句

私 の趣味は写真を撮ることです。
wa.ta.shi.no./shu.mi.wa./sha.shi.no./to.ru.ko.to.de.su.

我的興趣是拍照。

一眼レフがほしいです。
i.chi.ga.n.re.fu.ga./ho.shi.i.de.su.

我想要單眼相機。

写真を撮ることは本当に楽しいです。
sha.shi.n.o./to.ru.ko.to.wa./ho.n.to.u.ni./ta.no.shi.i.de.su.

拍照真的是件開心的事。

写真を撮る為に、わざわざ遠いところへ
出かけるのもとても楽しいです。
sha.shi.n.o./to.ru.ta.me.ni./wa.za.wa.za./to.o.i.to.ko.ro.e./de.ka.ke.ru.no.mo./to.te.mo./ta.no.shi.i.de.su.

為了拍照，特地到很遠的地方去，也覺得很開心。

なんでもない普段の肉眼で見ている光景
は、ファインダー越しに見ることで確実
に別の世界となります。
na.n.de.mo.na.i./fu.da.n.no./ni..ku.ga.n.de./mi.te.
i.ru.ko.u.ke.i.wa./fa.i.n.da.a.ko.shi.ni./mi.ru.ko.to.de./
ka.ku.ji.tsu.ni./be.tsu.no./se.ka.i.to./na.ri.ma.su.
平常用肉眼看起來毫不起眼的景色，透過觀景窗，就
變成了另一個世界。

簡単な操作でキレイに撮影ができるデジ
タル一眼レフの登場で、写真を撮るこ
とを手軽に始めることができるようにな
りました。
ka.n.ta.n.na.so.u.sa.de./ki.re.i.ni./sa.tsu.e.i.ga./de.ki.
ru./de.ji.ta.ru.i.chi.ga.n.re.fu.no./to.u.jo.u.de./te.ga.
ru.ni./ha.ji.me.ru.ko.to.ga./de.ki.ru.yo.u.ni./na.ri.
ma.shi.ta.
隨著操作簡便又能拍出美麗照片的類單眼上市，拍照
就變得簡單了。

繪畫

實戰會話

絵を描くのが好きです。
e.o.ka.ku.no.ga./su.ki.de.su.

我喜歡畫畫。

昔から、図工や美術の授業は
好きでした。
mu.ka.shi.ka.ra./zu.ko.u.ya./bi.ju.tsu.no./
ju.gyo.u.wa./su.ki.de.shi.ta.

從以前就喜歡工藝或是美術課。

学生の頃は、よくポスターを描い
たりしていました。
ga.ku.se.i.no.ko.ro.wa./yo.ku.po.su.ta.a.o./
ka.i.ta.ri.shi.te.i.ma.shi.ta.

學生時代經常畫海報。

實用短句

私 は絵を描くのが好きです。
wa.ta.shi.wa./e.o.ka.ku.no.ga./su.ki.de.su.

我喜歡畫畫。

油 絵が好きですが、クレヨンで描くこと
も楽しんでいます。
a.bu.ra.e.ga./su.ki.de.su.ga./ku.re.yo.n.de./ka.ku.
ko.to.mo./ta.no.shi.n.de./i.ma.su.

雖然喜歡畫油畫，但也很喜歡用蠟筆作畫。

現 在はパソコンで絵を描くには便利です
けど、ペンを使った実感はなくなりまし
た。
ge.n.za.i.wa./pa.so.ko.n.de./e.o.ka.ku.ni.wa./be.n.ri.
de.su.ke.do./pe.n.o./tsu.ka.tta.ji.kka.n.wa./na.ku.
na.ri.ma.shi.ta.

現在雖然現在用電腦就能輕鬆繪圖，但就喪失了用筆
的觸感。

似顔絵を描くのが好きです。
ni.ga.o.e.o./ka.ku.no.ga./su.ki.de.su.

我喜歡畫人物畫

将来ゲームキャラクターデザイナーに
なりたいです。
sho.u.ra.i./ge.e.mu.kya.ra.ku.ta.a.de.za.i.na.a.ni./
na.ri.ta.i.de.su.

將來想要成為遊戲人物設計師。

人物像を描くのが得意です。
ji.n.bu.tsu.zo.u.o./ka.ku.no.ga./to.ku.i./de.su.

我擅長畫人物。

外出する時はいつもスケッチブックを
持っていきます。
ga.i.shu.tsu.su.ru.to.ki.wa./i.tsu.mo./su.ke.cchi.
bu.kku.o./mo.tte./i.ki.ma.su.

外出時我總是帶著素描本。

私はイラストを描くのが趣味です。
wa.ta.shi.wa./i.ra.su.to.o./ka.ku.no.ga./shu.mi.de.su.

我的興趣是畫插畫。

購物

實戰會話

ショッピングが好きです。
sho.ppi.n.gu.ga./su.ki.de.su.
我喜歡購物。

食品と日用品の買い物するのも
嫌いではありません。
sho.ku.hi.n.to./ni.chi.yo.u.hi.n.no./ka.i.mo.
no.su.ru.no.mo./ki.ra.i.de.wa./a.ri.ma.se.n.
也不討厭買食品和日用品等。

歩いて回るのは楽しいのですが、
必要でないものまでつい買いたく
なります。
a.ru.i.te./ma.wa.ru.no.wa./ta.no.shi.i.no.de.su.
ga./hi.tsu.yo.u.de.na.i.mo.no.ma.de./tsu.i.ka.
i.ta.ku.na.ri.ma.su.
雖然到處逛很開心，但也會不小心想買下不需

要的東西。

實用短句

ボーナスを手にすると、お金を使いたく
なります。
bo.o.na.su.o./te.ni.su.ru.to./o.ka.ne.o./tsu.ka.i.ta.
ku.na.ri.ma.su.

一拿到獎金，就想要花錢。

料理が好きなので、よくスーパーに行き
ます。
ryo.u.ri.ga./su.ki.na.no.de./yo.ku.su.u.pa.a.ni./i.ki.
ma.su.

我喜歡作菜，所以經常去超市。

オンラインショッピングはすごく便利で
す。
o.n.ra.i.n.sho.ppi.n.gu.wa./su.go.ku./be.n.ri.de.su.

網路購物十分方便。

一番の楽しみは買い物、または雑貨など

の買い物が好きです。
i.chi.ba.n.no./ta.no.shi.mi.wa./ka.i.mo.no./ma.ta.wa./
za.kka.na.do.no./ka.i.mo.no.ga./su.ki.de.su.

我最喜歡的就是買東西,偶爾也喜歡買些生活雜貨
類。

あの店は通路が狭くて、ゆっくり買い物

ができません。
a.no.mi.se.wa./tsu.u.ro.ga./se.ma.ku.te./yu.kkur.i.ka.
i.mo.no.ga.de.ki.ma.se.n.

那家店的通道很窄,沒辦法好好逛。

女性は特に買うものがなくてもお店に
出向くのが好きです。
jo.se.i.wa./to.ku.ni./ka.u.mo.no.ga./na.ku.te.mo./
o.mi.se.ni./de.mu.ku.no.ga./su.ki.de.su.

女性就算沒有要買什麼,也喜歡到店裡去。

外に出て買い物をしながら、人間ウォッ

チングなんかもします。
so.to.ni.de.te./ka.i.mo.no.o.shi.na.ga.ra./ni.n.ge.
n.o.cchi.n.gu.na.n.ka.mo./chi.ma.su

在外面一邊購物，一邊也觀察人。

家族と買い物に行ったりします。
ka.zo.ku.to./ka.i.mo.no.ni./i.tta.ri.shi.ma.su.

和家人去買買東西。

趣味は買い物です。
shu.mi.wa./ka.i.mo.no./de.su.

我的興趣是購物。

買い物 中 毒です。
ka.i.mo.no./chu.u.do.ku.de.su.

購物狂。

園芸

實戰會話

趣味は園芸です。
shu.mi.wa./e.n.ge.i.de.su.
我的興趣是園藝。

いろんな物を植えているので、1
年中何かが咲いています。
i.ro.n.na.mo.no.o./u.e.te.i.ru.no.de./i.chi.
ne.n.ju.u./na.ni.ka.ga./sa.i.te.i.ma.su.
因為種了各種植物,所以常年開著各種花。

梅と桜が咲く春が一番です。
u.me.to.sa.ku.ra.ga.sa.ku.ha.ru.ga./i.chi.
ba.n.de.su.
梅花和櫻花盛開的春天,是最棒的。

實用短句

ガーデニングが好きです。
ga.n.de.ni.n.gu.ga./su.ki.do.ou.

我喜歡園藝。

<ruby>毎日園芸店<rt>まいにちえんげいてん</rt></ruby>めぐりしています。
ma.i.ni.chi.e.n.ge.i.te.n./me.gu.ri.shi.te./i.ma.su.

每天都去逛園藝店。

<ruby>小学生<rt>しょうがくせい</rt></ruby>のころから<ruby>植物<rt>しょくぶつ</rt></ruby>や<ruby>盆栽<rt>ぼんさい</rt></ruby>に<ruby>興味<rt>きょうみ</rt></ruby>

がありました。
sho.u.ga.ku.se.i.no.ko.ro.ka.ra./sho.ku.bu.tsu.ya./
bo.n.sa.i.ni./kyo.u.mi.ga./a.ri.ma.shi.ta.

從小學就開始對植物和盆栽有興趣。

<ruby>芝生<rt>しばふ</rt></ruby>と<ruby>生垣<rt>いけがき</rt></ruby>はいつも<ruby>刈<rt>か</rt></ruby>り<ruby>込<rt>こ</rt></ruby>まないといけ

ません。
shi.ba.fu.to./i.ke.ga.ki.wa./i.tsu.mo./ka.ri.ko.ma.
na.i.to./i.ke.ma.se.n.

草坪和(植物圍成的)圍牆不常修剪不行。

<ruby>盆栽<rt>ぼんさい</rt></ruby>や<ruby>観葉植物<rt>かんようしょくぶつ</rt></ruby>、<ruby>苔<rt>こけ</rt></ruby>など<ruby>園芸全般<rt>えんげいぜんぱん</rt></ruby>を
<ruby>趣味<rt>しゅみ</rt></ruby>にしています。
bo.n.sa.i.ya./ka.n.yo.u.sho.ku.bu.tsu./ko.ke.na.do./
e.n.ge.i.ze.n.ba.n.no./shu.mi.ni.shi.te.i.ma.su.

我對盆栽、觀葉植物、苔蘚等園藝類，全都有興趣。

ばんさい　　じゅもく　しぜん　すがた　はち　なか　ちい
盆栽は、樹木の自然の 姿 を鉢の中に小
　　　つく　　　　　　　　　　　　えんげい
さく作り出そうとする園芸です。

bo.n.sa.i.wa./ju.mo.ku.no./shi.ze.n.no./su.ga.ta.o./
ha.chi.no./na.ka.ni./chi.i.sa.ku./tsu..ku.ri.da.so.u.to./
su.ru./shu.mi.no./e.n.ge.i.de.su.

盆栽是將樹木自然的姿態，呈現在小鉢裡的一種園藝
項目。

かんきょう　　　　　わたし　ゆうきひりょう　つか
環 境のため、 私 は有機肥料を使い、
　　　　　　　　　　さっちゅうざい　つか
できるだけ殺 虫 剤を使わないように
どりょく
努 力しています。

ka.n.kyo.u.no.ta.me./wa.ta.shi.wa./yu.u.ki.hi.ryo.
u.o.tsu.ka.i./de.ki.ru.da.ke./sa.cchu.u.za.i.o./tsu.
ka.wa.na.i.yo.u.ni./do.ryo.ku.shi.te./i.ma.su.

為了環境，我使用有機肥料，並且盡量不要用殺蟲
劑。

やさい　つく
野菜を作りたいのですが、スペースがあ
りません。

ya.sa.i.o./tsu.ku.ri.ta.i.no.de.su.ga./ou.po.o.su.ga./

a.ri.ma.se.n.

我想要種蔬菜，但空間不夠。

かていさいえん はじ おも
家庭菜園を始めようと思っています。
ka.te.i.sa.i.e.n.o./ha.ji.me.yo.u.to./o.mo.tte.i.ma.su.

我想要弄個家庭菜園種菜。

ひろ にわ
もっと広い庭がほしいです。
mo.tto./hi.ro.i./ni.wa.ga./ho.shi.i./de.su.

我想要更大一點的院子。

らいねん そな たね ま
来年に備えて種を撒いたところです。
ra.i.ne.n.ni./so.na.e.te./ta.ne.o./ma.i.ta./to.ko.ro.de.
su.

正撒下明年的種子。

いちばん す
バラが一番好きです。
ba.ra.ga./i.chi.ba.n./su.ki.de.su.

我最喜歡玫瑰。

寵物

實戰會話

好きな動物は、犬です。
su.ki.na.do.u.bu.tsu.wa./i.nu.de.su.
我最喜歡的動物是狗。

その理由は、あたしが何時帰って
も嫌な顔せずにうれしそうに迎え
てくれるところ。
so.no.ri.yu.u.wa./a.ta.shi.ga./i.tsu./ka.e.tte.mo./
i.ya.na.ka.o.se.zu.ni./u.re.shi.so.u.ni./mu.ka.
e.te./ku.re.ru.to.ko.ro.
理由是，不管我多晚回來，牠都不會露出不悦
的表情，總是很開心的迎接我。

感情表現がストレートなところ
も好きです。
ka.n.jo.u.hyo.u.ge.n.ga./su.to.re.e.to.na.to.
ko.ro.mo./su.ki.de.su.

我喜歡狗直接表現情感的特點。

實用短句

うちには犬が2匹、猫が1匹がいます。
u.chi.ni.wa./i.nu.ga./ni.hi.ki./ne.ko.ga./i.ppi.ki.ga./
i.ma.su.

我家養了2隻狗、1隻貓。

犬はチワワで、名前はソラといいます。
i.nu.wa./chi.wa.wa.de./na.ma.e.wa./so.ra.to.i.i.ma.
su.

狗是吉娃娃，名字是天空。

白い猫ですから、シロと呼んでいます。
shi.ro.i.ne.ko.de.su.ka.ra./shi.ro.to./yo.n.de.i.ma.su.

因為是白色的貓，所以就叫小白。

毎日公園へ散歩に連れていきます。
ma.i.ni.chi.ko.u.e.n.e./sa.n.po.ni./tsu.re.te.i.ki.ma.su.

我每天帶牠去公園散步。

私は猫派です。

wa.ta.shi.wa./ne.ko.ha.de.su.

我喜歡貓。

熱帯魚を飼っています。
ne.tta.i.gyo.o./ka.tte.i.ma.su.

養了熱帶魚。

亀が好きです。
ka.me.ga./su.ki.de.su.

我喜歡烏龜。

息子は亀を飼っていますが、餌をやった
り、水槽の掃除をするのは、たいてい
私 です。
mu.su.ko.wa./ka.me.o./ka.tte.i.ma.su.ga./e.sa.o.ya.
tta.ri./su.i.so.u.no./so.u.ji.o./su.ru.no.wa./ta.i.te.i.wa.
ta.shi.de.su.

雖然是兒子養的烏龜，但是餵食、清水槽，大半都是
我做。

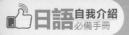
DIY

實戰會話

大きな仕事を除けば、大抵の家
の修理仕事はこなせます。

o.o.ki.na.shi.go.to.o./no.zo.ke.ba./ta.i.te.i.no./
i.e.no.shu.u.ri.shi.go.to.wa./ko.na.se.ma.su.

除了大型的工作之外，家裡的維修工作我大概
都能勝任。

簡単な配管、ペンキ塗装などがで
きます。

ka.n.ta.n.na./ha.i.ka.n./pe.n.ki.to.so.u.na.
do.ga./de.ki.ma.su.

能做簡單的配線、刷油漆等。

この間犬小屋も作りました。

ko.no.a.i.da./i.nu.go.ya.mo./tsu.ku.ri.ma.shi.ta.

之前還做了狗屋。

本棚を作ったこともあります。

ho.n.da.na.o./tsu.ku.tta.ko.to.mo./a.ri.ma.su.
也做過書架。

實用短句

木工に限らず自作作業全般をDIYと言います。

mo.kko.u.ni./ka.gi.ra.zu./ji.sa.ku.sa.gyo.u.ze.n.pa.
n.o./d.i.y.to.i.i.ma.su.

不只是木工，只要是所有自己動手做的工程都是DIY。

子供の頃から、バラしたり組み立てたりすることが好きでした。

ko.do.mo.no.ko.ro.ka.ra./ba.ra.shi.ta.ri./ku.mi.ta.te.
ta.ri.su.ru..ko.to.ga./su.ki.de.shi.ta.

從小就喜歡拆組東西。

1人でホームセンターによく行き、中を眺めているのが好きです。

hi.to.ri.de./ho.o.mu.se.n.ta.a.ni./yo.ku.i.ki./na.ka.o./
na.ga.me.te.i.ru.no.ga./su.ki.de.su.

經常1個人去大型五金賣場，我很喜歡看裡面的樣子。

車 の手入れが必要な時は、 私 に任せ
てください。
ku.ru.ma.no./te.i.re.ga./hi.tsu.yo.u.na.to.ki.wa./wa.ta.
shi.ni./ma.ka.se.te./ku.da.sa.i.

如果車子需要保養的話，就交給我吧。

木工が好きです。
mo.kko.u.ga./su.ki.de.su.

我喜歡木工。

最近木工にはまっています。
sa.i.ki.n./mo.kko.u.ni./ha.ma.tte.i.ma.su.

最近迷上做木工。

Track-C4-16

釣魚

實戰會話

私は海釣りが好きです。
wa.ta.shi.wa./u.mi.tsu.ri.ga./su.ki.de.su.
我喜歡海釣。

よく週末にバスで海まで行き、1日中釣りをしながら過ごします。
yo.ku.shu.u.ma.tsu.ni./ba.su.de./u.mi.ma.de.
i.ki./i.chi.ni.chi.ju.u.tsu.ri.o./shi.na.ga.ra./su.go.
shi.ma.su.
週末經常坐公車到海邊，釣魚渡過1整天。

かつて1日で鯛を20匹釣ったことがありましたが、1回もかからないことも少なくありません。
ka.tsu.te./i.chi.ni.chi.de.ta.i.o./ni.ju.u.bi.ki.tsu.
tta.ko.to.ga./a.ri.ma.shi.ta.ga./i.kka.i.mo.ka.ka.

ra.na.i.ko.to.mo./su.ku.na.ku.a.ri.ma.se.n.

曾經1天釣到20隻鯛魚，但也常什麼都釣不到。

實用短句

釣りを好きになったのは大学生になって

からです。

tsu.ri.o./su.ki.ni.na.tta.no.wa./da.i.ga.ku.se.i.ni./

na.tte.ka.ra.de.su.

成為大學生之後，才愛上釣魚。

中学校時代はずっと釣りをしていまし

た。

chu.u.ga.kko.u.ji.da.i.wa./zu.tto.tsu.ri.o./shi.te.i.ma.

shi.ta.

中學時就老是在釣魚。

特にこだわった釣りの仕方ではなく、

堤防からエサをつけて投げる簡単な誰で

もできる釣りです。

to.ku.ni./ko.da.wa.tta.tsu.ri.no./shi.ka.ta.de.wa.

na.ku./te.i.bo.u.ka.ra./e.sa.o.tsu.ke.te./na.ge.ru./

ka.n.ta.n.na./da.re.de.mo.de.ki.ru.tsu.ri.de.su.

並沒有執著什麼樣的釣魚法，只是在堤防上弄上魚餌甩出魚竿，這種誰都辦得到的釣法。

仕事が終わってすぐに友達と釣りに出かけます。
shi.go.to.ga.o.wa.tte./su.gu.ni./to.mo.da.chi.to./tsu.ri.ni./de.ka.ke.ma.su.

一下班就立刻和朋友去釣魚。

私 にとって釣りが魅力なのは釣ることよりものんびりするからです。
wa.ta.shi.ni.to.tte./tsu.ri.ga./mi.ryo.ku.na.no.wa./tsu.ru.ko.to.yo.ri.mo./no.n.bi.ri.su.ru.ka.ra.de.su.

對我來說釣魚的魅力不是在釣這件事，而是能悠閒地渡過時間。

毎月釣りの雑誌を買っています。
ma.i.tsu.ki./tsu.ri.no./za.sshi.o./ka.tte.i.ma.su.

每個月都買釣魚雜誌。

 兜風

實戰會話

ドライブが好きです。
do.ra.i.bu.ga.su.ki.de.su.
我喜歡兜風。

好きな人と一緒だと、通り慣れた道でも違った景色に見え、あっという間に時間が過ぎてしまいます。
su.ki.na.hi.to.to./i.ssho.da.to./to.o.ri.na.re.ta.mi.chi.de.mo./chi.ga.tta./ke.shi.ki.ni.mi.e./a.tto.i.u.ma.ni./ji.ka.n.ga./su.gi.te.shi.ma.i.ma.su.
和喜歡的人一起，即使是看慣了的街道也能見到不同的景致，時間也過得特別快。

季節ごとに様々な表情をみせる自然を楽しみます。
ki.se.tsu.go.to.ni./sa.ma.za.ma.na./hyo.u.jo.

u.o./mi.se.ru./shi.ze.no./ta.no.shi.mi.ma.su.

我熱衷於隨著季節轉換而呈現不同面貌的大自然。

春の桜ドライブ、初夏ドライブ、秋の紅葉ドライブも素敵です。

ha.ru.no./sa.ku.ra.do.ra.bu./sho.ka.do.ra.bu./a.ki.no.ko.u.yo.u.do.ra.i.bu.mo./su.te.ki.de.su.

春天兜風看櫻花、初夏兜風、秋天兜風看楓紅也很棒。

實用短句

ドライブや車が凄く好きです。
do.ra.i.bu.ya./ku.ru.ma.ga./su.go.ku.su.ki.de.su.

我很喜歡兜風和車子。

深夜のドライブが好きです。
shi.n.ya.no./do.ra.i.bu.ga./su.ki.de.su.

我喜歡深夜去兜風。

おいしいものを売ってるサービスエリア

が<ruby>大好<rt>だいす</rt></ruby>きです。
o.i.shi.i.mo.no.o./u.tte.ru./sa.a.bi.su.e.ri.a.ga./da.i.su.

ki.de.su.

我喜歡賣很多美食的休息站。

<ruby>雨<rt>あめ</rt></ruby>の<ruby>日<rt>ひ</rt></ruby>のドライブが<ruby>好<rt>す</rt></ruby>きです。
a.me.no.hi.no./do.ra.i.bu.ga./su.ki.de.su.

我喜歡在雨天兜風。

<ruby>車<rt>くるま</rt></ruby>の<ruby>運転<rt>うんてん</rt></ruby>が<ruby>好<rt>す</rt></ruby>きです。
ku.ru.ma.no./u.n.te.n.ga./su.ki.de.su.

我喜歡開車。

ドライブしながら<ruby>音楽<rt>おんがく</rt></ruby>を<ruby>聞<rt>き</rt></ruby>くのが<ruby>大好<rt>だいす</rt></ruby>き

です。
do.ra.i.bu./shi.na.ga.ra./o.n.ga.ku.o./ki.ku.no.ga./

da.i.su.ki.de.su.

我最喜歡一邊兜風一邊聽音樂。

棒球

實戰會話

プロ野球（やきゅう）が好（す）きです。
pu.ro.ya.kyu.u.ga./su.ki.de.su.
我喜歡職棒。

近（ちか）いところで試合（しあい）のある時（とき）は時々（ときどき）
見（み）に行（い）きますが、大抵（たいてい）テレビ観戦（かんせん）
です。
chi.ka.i.to.ko.ro.de./shi.a.i.no.a.ru.to.ki.wa./
to.ki.do.ki.mi.ni.i.ki.ma.su.ga./at.i.te.i./te.re.
bi.ka.n.se.n.de.su.

如果附近有比賽的話，有時會去看，但大部分
還是看轉播。

応援（おうえん）しているチームがやっている
時（とき）は、何（なに）があってもテレビの前（まえ）か
ら離（はな）れたくないです。
o.u.e.n.shi.te.i.ru.chi.i.mu.ga./ya.tte.i.ru.to.kı.

wa./na.ni.ga.a.tte.mo./te.re.bi.no.ma.e.ka.ra./
ha.na.re.ta.ku.na.i.de.su.

支持的隊伍在比賽時，不管有什事我都不想離開電視前。

實用短句

テレビに向かって声を上げている私を見て、両親は笑います。
te.re.bi.ni.mu.ka.tte./ko.e.o.a.ge.te.i.ru.wa.ta.shi.
o.mi.te./ryo.u.shi.n.wa./wa.ra.i.ma.su.

看到我對著電視大叫，父母都笑了。

生の試合のほうがテレビよりずっとスリルがあります。
na.ma.no./shi.a.i.o.ho.u.ga./te.re.bi.yo.ri./zu.tto.su.ri.
ru.ga.a.ri.ma.su.

現場看比賽，比看轉播更緊張。

いつか日本で野球試合を見たいです。
i.tsu.ka./ni.ho.n.de./ya.kyu.ji.a.i.o./mi.ta.i.de.syu.

希望有天能在日本看棒球比賽。

休みの日は草野球をやっています。
ya.su.mi.no.hi.wa./ku.sa.ya.kyu.u.o./ya.tte.i.ma.su.

假日時在玩軟式棒球。

会社のチームのレギュラーです。
ka.i.sha.no.chi.i.mu.no.re.gyu.ra.a.de.su.

是公司球隊的先發隊員。

ポジションはサードです。
po.ji.sho.n.wa./sa.a.do.de.su.

位置是三壘手。

盗塁が得意です。
to.u.ru.i.ga./to.ku.i.de.su.

擅長盜壘。

スポーツは何でも好きで、とくに野球を

することが好きです。
su.po.o.tsu.wa./na.n.de.mo.su.ki.de./to.ku.ni./ya.kyu.
u.o./su.ru.ko.to.ga./su.ki.de.su.

只要是體育項目都喜歡，尤其喜歡棒球。

小1から高1まで野球をしていました。
sho.u.i.chi.ka.ra./ko.u.i.chi.ma.de./ya.kyu.u.o/shi.ta.i.ma.shi.ta.

從小1持續到高1都在打棒球。

木のバットにはようやく慣れ始めました。
ki.no.ba.tto.ni.wa./yo.u.ya.ku./na.re.ha.ji.me.ma.shi.ta.

終於習慣了用木棒。

社会人になっても野球を続けようと思っています。
sha.ka.i.ji.n.ni./na.tte.mo./ya.kyu.u.o./tsu.zu.ke.yo.u.to./o.mo.tte./i.ma.su.

即使進入社會後，我還是想繼續打棒球。

盗塁がとても得意です。
to.u.ru.i.ga./to.te.mo./to.ku.i.de.su.

我擅長盜壘。

高爾夫

實戰會話

最近ゴルフを始めました。
sa.i.ki.n./go.ru.fu.o./ha.ji.me.ma.shi.ta.
最近開始打高爾夫。

暇があれば練習場でショットの
技を磨いています。
hi.ma.ga.a.re.ba./re.n.shu.u.jo.u.de./sho.tto.
no./wa.za.o./mi.ga.i.te.i.ma.su.
只要有空就會到練習場練習推桿。

クラブのメンバーにもなっていま
す。
ku.ra.bu.no./me.n.ba.a.ni.mo.na.tte.i.ma.su.
也加入了俱樂部。

かつてゴルフは一部の人達のスポ
ーツでしたが、今はだれでもやっ
ています。

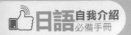

ka.tsu.te./go.ru.fu.wa./i.chi.bu.no./hi.to.ta.chi.
no./su.po.o.tsu.de.shi.ta.ga./i.ma.wa./da.re.
de.mo./ya.tte.i.ma.su.

以前高爾夫只是少數人的運動，現在誰都能從
事。

實用短句

趣味はゴルフです。
shu.mi.wa./go.ru.fu.de.su.

我的興趣是高爾夫。

最近ゴルフを始めました。
sa.i.ki.n./go.ru.fu.o./ha.ji.me.ma.shi.ta.

我最近很始打高爾夫了。

ハンディは24ぐらいです。
ha.n.di.wa./ni.ju.u.yo.n.gu.ra.i.de.su.

差點約是24左右。

朝早く家を出ないと、18ホール全部を回

れません。
a.sa.ha.ya.ku./i.e.o.de.na.i.to./ju.u.ha.chi.ho.o.ru./

ze.n.bu.o./ma.wa.re.ma.se.n.

早上不提早出門的話，沒辦法打完18洞。

ゴルフ仲間と一緒にプレイします。
go.ru.fu.na.ka.ma.to./i.ssho.ni./pu.re.i.shi.ma.su.

和朋友們一起打高爾夫。

都会生活のストレスのいい解消になり
ます。
to.ka.i.se.i.ka.tsu.no./su.to.re.su.no./i.i.ka.sho.u.ni./
na.ri.ma.shi.ta.

可以抒解都市生活的壓力。

先月、私は生まれて初めてホールイン
ワンをやりました。
se.n.ge.tsu./wa.ta.shi.wa./u.ma.re.te./ha.ji.me.te./
ho.o.ru.i.n.wa.no./ya.ri.ma.shi.ta.

上個月，我體驗了人生第一次一桿進洞。

網球

實戰會話

テニスが好きです。
te.ni.su.ga./su.ki.de.su.
我喜歡網球。

会社のテニスクラブにも入っています。
ka.i.sha.no./te.ni.su.ku.ra.bu.ni.mo./ha.i.tte.i.ma.su.
我還加入了公司的網球俱樂部。

近くの大学にテニスコートがありますが、いつも混んでいます。
chi.ka.ku.no./da.i.ga.ku.ni./te.ni.su.ko.o.to.ga./a.ri.ma.su.ga./i.tsu.mo./ko.n.de.i.ma.su.
附近的大學裡雖然有網球場，但人一直很多。

いつも会社のテニスコートでやっています。

i.tsu.mo./ka.i.sha.no./te.ni.su.ko.o.to.de./ya.tte.
i.ma.su.

我總是利用公司的網球場。

實用短句

テニスは体中の筋肉を全部使うので、
いい運動になります。
te.ni.su.wa./ka.ra.da.ju.u.no./ki.n.ni.ku.o./ze.n.bu./
tsu.kau.no.de./i.i.un.do.u.ni./na.ri.ma.shi.ta.

網球可以動到全身的肌肉，能讓身體好好活動。

テニスを初めてから体調は格段に素晴
らしく感じます。
te.ni.su.o./ha.ji.me.te.ka.ra./ta.i.cho.u.wa./ka.ku.
da.n.ni./su.ba.ra.shi.ku./ka.n.ji.ma.su.

自從開始打網球，就覺得身體變得特別好。

テニスの相手はいつも妻です。
te.ni.su.no./a.i.te.wa./i.tsu.mo./tsu.ma.de.su.

都是老婆和我一起打網球。

週に1回、テニススクールに通っていま

す。
shu.u.ni./i.kka.i./te.ni.su./su.ku.u.ru.ni./ka.yo.tte.i.ma.su.

每星期去網球教室上1次課。

見るのも、プレイするのも好きです。
mi.ru.no.mo./pu.re.i.su.ru.no.mo./su.ki.de.su.

喜歡看，也喜歡打。

趣味はテニス観戦です。
shu.mi.wa./te.ni.su./ka.n.se.n./de.su.

我的興趣是看網球比賽。

社会に出て働き始めると、学生時代の
ように一緒にテニスをする仲間や場所、
時間がなくなってしまいます。
sha.ka.i.ni./de.te./ha.ta.ra.ki.ha.ji.me.ru.to./ga.ku.se.i.ji.da.i.no./yo.u.ni./i.ssho.ni./te.ni.su o.su.ru./na.ka.ma.ya.ba.sho./ji.ka.n.ga./na.ku.na.tte./shi.ma.i.ma.su.

出了社會開始工作後，就沒有學生時代一起打網球的同伴，也沒有活動的場地和時間了。

登山

實戰會話

しゅみ とざん
趣味が登山です。
shu.mi.ga./to.za.n.de.su.

我的興趣是爬山。

ちかば やま のぼ
近場の山に登ったりはしていまし
ぎょくざん そうだい けしき み
たが、玉山の壮大な景色を見て
さら とざん す
更に登山が好きになりました。
chi.ka.ba.no.ya.ma.ni./no.ba.tta.ri.wa./shi.
te.i.ma.shi.ta.ga./gyo.ku.za.n.no./so.u.da.i.na./
ke.shi.ki.o./mi.te./sa.ra.ni./to.za.n.ga./su.ki.ni./
na.ri.ma.shi.ta.

雖然也會去爬附近的山，但看過玉山壯觀的景
色後，就更愛爬山了。

ふ じ とざん
いつか富士登山してみたいです。
i.tsu.ka./fu.ji.to.za.n.shi.te.mi.ta.i.de.su.

希望有一天能登上富士山看看。

實用短句

山が好きでよく登っているんです。
ya.ma.ga./su.ki.de./yo.ku./no.bo.tte.i.ru.n.de.su.

我喜歡山，所以經常去爬山。

植物観察が趣味で山に登っています。
sho.ku.bu.tsu.ka.n.sa.tsu.ga./shu.mi.de./ya.mi.ni./
no.bo.tte./i.ma.su.

因為興趣是觀察植物，所以會去爬山。

健康状態のいい人にとっては山登りは

たやすいことです。
ke.n.ko.u.jo.u.ta.i.no./i.i.hi.to.ni.to.tte.wa./ya.ma.
no.bo.ri.wa./ta.ya.su.i.ko.to.de.su.

對健康的人來說，爬山是很簡單的事情。

天気が悪いときは山登りは危ないです。
te.n.ki.ga./wa.ru.i.to.ki.wa./ya.ma.no.bo.ri.wa./a.bu.
na.i.de.su.

天氣不好時登山很危險。

山登りが好きで、台湾の山に精通して

いa ます。
ya.ma.no.bo.ri.ga./su.ki.de./ta.i.wa.n.no.ya.ma.ni./
se.i.tsu.u.shi.te.i.ma.su.

我喜歡爬山，對台灣的山脈都很熟。

冬は登山が禁止となる山が多いです。
fu.yu.wa./to.za.n.ga./ki.n.shi.to./na.ru.ya.ma.ga./
o.o.i.de.su.

很多山都禁止冬天登山。

富士山に2、3回登ったことがあります。
fu.ji.sa.n.ni./ni.sa.n.ka.i./no.bo.tta./ko.to.ga./a.ri.
ma.su.

我曾經爬過2、3次富士山。

私 は登山隊のメンバーです。
wa.ta.shi.wa./to.za.n.ta.i.no./me.n.ba.a./de.su.

我是登山隊的成員。

健行

實戰會話

私 はハイキングが好きです。
wa.ta.shi.wa./ha.i.ki.n.gu.ga./su.ki.de.su.

我喜歡健行。

美 しい景色と新鮮な空気のにおいが好きです。
u.tsu.ku.shi.i./ke.shi.ki.to./shi.n.se.n.na./
ku.u.ki.no./ni.o.i.ga./su.ki.de.su.

我喜歡美麗的景色，和新鮮空氣的味道。

天気が良ければよくハイキングに行きます。
te.n.ki.ga./yo.ke.re.ba./yo.ku./ha.i.ki.n.gu.ni./
i.ki.ma.su.

天氣好的話，我經常會去健行。

實用短句

よく家族揃ってハイキングに出かけます。
yo.ku./ka.zo.ku./so.ro.tte./ha.i.ki.n.gu.ni./de.ka.ke.ma.su.

常常全家一起去健行。

ハイキングするには河原でも 湖 巡りでも山でも、どこでも好きです。
ha.i.ki.n.gu.su.runi.wa./ka.wa.ra.de.mo./mi.zu.u.mi.me.gu.ri.de.mo./ya.ma.de.mo./do.ko.de.mo.su.ki.de.su.

不管是去河邊、湖邊還是山裡健行，我都喜歡。

子供を連れて行く時には、安全で易しいコースを選びます。
ko.do.mo.o./tsu.re.te.i.ku.to.ki.ni.wa./a.n.ze.n.de./ya.sa.shi.i.ko.o.su.o./e.ra.bi.ma.su.

如果帶孩子去的話，我會選擇安全又簡單的路線。

私 の年齢くらいの人間には、山路を上るのはいい足の運動になります。

wa.ta.shi.no./ne.n.re.i.ku.ra.i.no./ni.n.ge.n.ni.wa./
ya.ma.ji.o.no.bo.ru.no.wa./i.i.a.shi.no.u.n.do.u.ni./
na.ri.ma.su.

像我這種歲數的人，走上坡是對腳很好的運動。

森のフレッシュな空気を呼吸するのは
日光浴と同様に 体 にいいです。
mo.ri.no./fu.re.sshu.na.ku.u.ki.o./ko..kyu.u.su.ru.no.
wa./ni.kko.u.yo.ku.to./do.u.yo.u.ni./ka.ra.da.ni./i.i.de.
su.

呼吸森林裡新鮮的空氣，和做日光浴一樣對身體都很
好。

先月には家族全員でハイキングに行って
きました。
se.n.ge.tsu.ni.wa./ka.zo.ku./ze.n.i.n.de./ha.i.ki.n.gu.
ni./i.tte./ki.ma.shi.ta.

上個月我們全家去健行。

戸外で弁当を食べる気分がなんとも言え
ません。
ko.ga.i.de./be.n.to.u.o./ta.be.ru./ki.bu.n.ga./na.n.to.

mo./i.e.ma.se.n.

在戶外吃便當的感覺真是特別好。

趣味はハイキングです。
shu.mi.wa./ha.i.ki.n.gu.de.su.

我的興趣是健行。

最近ハイキングにはまっています。
sa.i.ki.n./ha.i.ki.n.gu.ni./ha.ma.tte./i.ma.su.

最近迷上健行。

最近、中高年になって登山やハイキングを始める人が多くなってきているそうです。
sa.i.ki.n./chu.u.ko.u.ne.n.ni./na.tte./to.za.n.ya./ha.i.ki.n.gu.o./ha.ji.me.ru.hi.to.ga./o.o.ku.na.tte./ki.te.i.ru.so.u.de.su.

最近開始登山或健行的中老年人變多了。

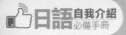 日語自我介紹 必備手冊

 大自然

實戰會話

バードウォッチングが好<ruby>好<rt>す</rt></ruby>きです。
ba.a.do.o.cchi.n.gu.ga./su.ki.de.su.
我喜歡賞鳥。

家<ruby>家<rt>いえ</rt></ruby>のすぐ近所<ruby>近所<rt>きんじょ</rt></ruby>に幾<ruby>幾<rt>いく</rt></ruby>つかいい場所<ruby>場所<rt>ばしょ</rt></ruby>が
あります。
i.e.no.su.gu./i.n.jo.u.ni./i.ku.tsu.ka.i.i.ba.sho.
ga./a.ri.ma.su.
在家附近就有幾個好地點。

高性能<ruby>高性能<rt>こうせいのう</rt></ruby>の双眼鏡<ruby>双眼鏡<rt>そうがんきょう</rt></ruby>を使<ruby>使<rt>つか</rt></ruby>うと、遠<ruby>遠<rt>とお</rt></ruby>い
ところからでも観察<ruby>観察<rt>かんさつ</rt></ruby>できます。
ko.u.se.i.no.u.no./so.u.ga.n.kyo.u.o./tsu.
ka.u.to./to.o.i.to.ko.ro.ka.ra.de.mo./ka.n.sa.tsu.
de.ki.ma.su.
用高倍數的望遠鏡，即使從很遠的地方也能觀
察鳥類。

實用短句

とり しゃしん と
鳥の写真を撮っています。
to.ri.no./sha.shi.no./to.tte.i.ma.su.

我會拍鳥的照片。

ふゆ   とり たいわん わた
冬にたくさんの鳥が台湾に渡ってきま
        ときどき   めずら しゅるい み
す。だから時々とても 珍 しい種類が見

られます。
fu.yu.ni./ta.ku.sa.n.no./to.ri.ga./ta.i.wa.n.ni./wa.ta.tte.
ki.ma.su./da.ka.ra./to.ki.do.ki./to.te.mo./me.zu.ra.shi.
i.shu.ru.i.ga./mi.ra.re.ma.su.

冬天時有很多鳥類到台灣來。所以有時會發現很珍貴
的品種。

ちょう きょうみ も   さなぎ うか
蝶 に興味を持っていて 蛹 から羽化する
しゅんかん と
瞬 間を撮ったこともあります。
cho.u.ni./kyo.u.mi.o./mo.tte.i.te./sa.na.gi.ka.ra./u.ka.
su.ru.shu.n.ka.no./to.tta.ko.to.mo.a.ri.ma.su.

我對蝴蝶有興趣，曾經拍下從蛹羽化成蝶的瞬間。

じぶん ぼうえんきょう つか   ほし かんさつ
自分の望 遠 鏡を使って星を観察してい

ます。

ji.bu.n.no./bo.u.e.n.kyo.u.o./tsu.ka.tte./ho.shi.o./
ka.n.sa.tsyu.shi.te.i.ma.su.

用自己的望遠鏡觀察星星。

樹木の四季の変化を見るのがなによりの
楽しみで、こんな贅沢な時間はありませ
ん。

ju.mo.ku.no./shi.ki.no.he.n.ka.o./mi.ru.no.ga./na.ni.
yo.ri.no./ta.no.shi.mi.de./ko.n.na.ze.i.ta.ku.na.ji.ka.
n.wa./a.ri.ma.se.n.

看著樹木四季的變化是最享受的事，沒有比這更奢侈
的時光了。

野鳥を観察しています。
ya.cho.u.o./ka.n.sa.tsu./shi.te./i.ma.su.

正在觀察野鳥。

蝶 に興味を持っています。
cho.u.ni./kyo.u.mi.o./mo.tte./i.ma.su.

對蝴蝶很有興趣。

游泳、水上活動

實戰會話

すいえい だいす
水泳が大好きです。
su.i.e.i.ga./da.i.su.ki.de.su.

我很喜歡游泳。

いちにち　　　　　　およ　　　　　へいき
1 日1キロ泳いでも平気です。
i.chi.ni.chi.i.chi.ki.ro./o.yo.i.de.mo./he.i.ki.
de.su.

1天游1公里也沒問題。

とくい　　およ
得意な泳ぎはクロールですが、
ひらおよ
平泳ぎもできます。
to.ku.i.na./o.yo.gi.wa./ku.ro.o.ru.de.su.ga./
hi.ra.o.yo.gi.mo./de.ki.ma.su.

我擅長自由式，但也會蛙式。

實用短句

さかな　　　　　　うみ　およ　　　　　たの
魚 のように海で泳ぐのが楽しみです。
sa.ka.na.no.no.yo.u.ni./u.mi.de./o.yo.gu.no.ga./ta.no

209

shi.mi.de.su.

像魚一樣在海裡游的感覺，讓我覺得很享受。

およ いでいるとき水中で感じる無重
力感が好きです。
o.yo.i.de./i.ru.to.ki./su.i.chu.u.de./ka.n.ji.ru./mu.ju.

u.ryo.ku.ka.n.ga./su.ki.de.su.

我喜歡游泳時在水中的無重力感。

なつ には海に行って飛び込んで涼しくなる

のはいいものです。
na.tsu.ni.wa./u.mi.ni./i.tte./to.bi.ko.n.de./su.zu.shi.

ku.na.ru.no.wa./i.i.mo.no.de.su.

夏天到海邊，跳進海裡涼快一下，是很快樂的事情。

すいえい
水泳をすると食欲が出ます。
su.i.e.i.o./su.ru.to.sho.ku.yo.ku.ga./de.ma.su.

游完泳後特別有食欲。

はじめはすぐ息が切れたものですが、今
は順調に続けて泳げます。
ha.ji.me.wa./su.gu.i.ki.ga./ki.re.ta.mo.no.de.su.ga./

i.ma.wa./ju.n..cho.u.ni./tsu.zu.ke.te./o.yo.ge.ma.su.

一開始很快就會沒氣，但現在已經能很順暢地游了。

サーフィンを始めました。
sa.a.fi.n.o./ha.ji.me.ma.shi.ta.

開始玩衝浪。

スキューバダイビングが好きです。
su.kyu.u.ba.da.i.bi.n.gu.ga./su.ki.de.su.

我喜歡潛水。

マリンスポーツが好きです。
ma.ri.n./su.po.o.tsu.ga./su.ki.de.su.

我喜歡水上活動。

サーフィンが好きです。
sa.a.fi.n.ga./su.ki.de.su.

我喜歡衝浪。

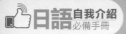
 足球

實戰會話

サッカーが好きです。
sa.kka.a.ga./su.ki.de.su.
我喜歡足球。

よくJリーグの試合を見に行きます。
yo.ku.j.ri.i.gu.no./shi.a.i.o./mi.ni.i.ki.ma.su.
經常去看日本職業足球的比賽。

サッカーにはスピードと技があるので、見るのが好きです。
sa.kka.a.ni.wa./su.pi.i.do.to./wa.za.ga.a.ru.no.de./mi.ru.no.ga./su.ki.de.su.
足球包含了速度和技巧，我很喜歡看。

實用短句

学校の休み時間には、友達とフットサル

をしています。
ga.kko.u.no./ya.su.mi.ji.ka.n.ni.wa./to.mo.da.chi.to./
fu.tto.sa.ru.o./shi.te.i.ma.su.

在學校休息時間會和朋友玩五人制足球。

私 はサッカーファンなんです。
wa.ta.shi.wa./sa.kka.a.fa.n.na.n.de.su.

我是足球迷。

将 来の夢は、サッカー選手になること

です。
sho.u.ra.i.no./yu.mc.wa./sa.kka.a.se.n.shu.ni.na.
ru.ko.to.de.su.

將來的夢想是成為足球選手。

サッカーの試合は一 瞬たりとも気が抜

けません。
sa.kka.a.no.shi.a.i.wa./i.sshu.n.ta.ri.to.mo./ki.ga.
nu.ke.ma.se.n.

足球比賽一刻都不能分心。

其他興趣

實戰會話

世界の民俗人形作りを趣味としております。

se.ka.i.no./mi.zo.ku.ni.ngyo.u.zu.ku.ri.o./shu.mi.to.shi.te./o.ri.ma.su.

我的興趣是製作各國民俗人偶。

これまでに20カ国の民俗人形を作りました。

ko.re.ma.de.ni./ni.ju.u.ka.ko.ku.no./mi.zo.ku.ni.n.gyo.u.o./tsu.ku.ri.ma.shi.ta.

至今已經做過20個國家的民俗人偶。

もし、こういうことに趣味をお持ちの方がいらっしゃったらご一緒にいかがですか。

mo.shi./ko.u.i.u.ko.to.ni./shu.mi.o./o.mo.chi.no./ka.ta.ga./i.ra.ssha.tta.ra./go.i.ssho.ni./i.ka.

ga.de.su.ka.

如果有人也和我有同樣興趣的話，要不要一起
來試試看。

實用短句

趣味は書道です。
shu.mi.wa./sho.do.u.de.su.

我的興趣是寫書法。

趣味はカラオケで歌うことです。
shu.mi.wa./ka.ra.o.ke.de./u.ta.u.ko.to.de.su.

我的興趣是唱KTV。

クラッシックバレーが得意です。
ku.ra.shi.kku.ba.re.e.ga./to.ku.i.de.su.

我擅長古典芭蕾。

私は日本語を2年間勉強しています。
wa.ta.shi.wa./ni.ho.n.go.o./ni.ne.n.ka.n./be.n.kyo.
u.shi.te.i.ma.su.

我學了2年日語。

私 は環 境 保護問題にとても関心をも

っています。
wa.ta.shi.wa./ka.n.kyo.u.ho.go.mo.n.da.i.ni./to.te.
mo./ka.n.shi.n.o./mo.tte.i.ma.su.

我對環保議題很關心。

囲碁が好きです。
i.go.ga./su.ki.de.su.

我喜歡圍棋。

柔 道が好きです。
ju.u.do.u.ga./su.ki.de.su.

我喜歡柔道。

スキーが好きです。
su.ki.i.ga./su.ki.de.su.

我喜歡滑雪。

CHAPTER.05

實戰

範例篇

基本自我介紹

 專長與個性

實戰會話

はじめまして、陳太郎と申します。

ha.ji.me.ma.shi.te./chi.n.ta.ro.u.to./mo.u.shi.ma.su.

初次見面，我叫陳太郎。

台湾大学出身で、専門は化学でした。

ta.i.wa.n.da.i.ga.ku.shu.sshi.n.de./se.n.mo.n.wa./ka.ga.ku.de.shi.ta.

我畢業於台灣大學，主修化學。

明るい性格ですが、負けず嫌いです。

a.ka.ru.i.se.i.ka.ku.de.su.ga./ma.ke.zu.gi.ra.i.de.su.

我的個性開朗，但是不服輸。

しょうがくせい
小学生のときにジャズダンスを
なら　　　　いま
習い、今はブレイクダンスとスノ
とくい
ボが得意です。

sho.u.ga.ku.se.i.no.to.ki.ni./ja.zu.da.n.su.
o.na.ra.i./i.ma.wa./bu.re.i.ku.da.n.su.to./su.no.
bo.ga.to.ku.i.de.su.

小學時學過爵士舞，現在擅長街舞和滑雪板。

こんじょう　　　がんば
根性で頑張りますので、よろし
ねが
くお願いします。

ko.n.jo.u.de./ga.n.ba.ri.ma.su.no.de./yo.ro.
shiku./o.ne.ga.i.shi.ma.su.

我會非常努力的，請多多指教。

 學習與目標

實戰會話

こんにちは、陳太郎と申します。
ko.n.ni.chi.wa./chi.n.ta.ro.u.to./mo.u.shi.ma.su.
大家好，我叫陳太郎。

私 は 週 に1回日本語 塾 に通っ
ています。
wa.ta.shi.wa./shu.u.ni./i.kka.i./ni.ho.n.go.ju.ku.
ni./ka.yo.tte.i.ma.su.
我每星期會去補習班上1次日語。

というのは、仕事で日本語を使う
必要があるからです。
to.i.u.no.wa./shi.go.to.de./ni.ho.n.go.o./tsu.
ka.u.hi.tsu.yo.u.ga./a.ru.ka.ra.de.su.
這是因為工作需要用到日語。

日本語はだんだん上達していま
す。

ni.ho.n.go.wa./da.n.da.n.jo.u.ta.tsu./shi.te.i.ma.su.

我的日語日漸進步。

目標は日本語を使って海外で仕事をすることです。

mo.ku.hyo.u.wa./ni.ho.n.go.o./tsu.ka.tte./ka.i.ga.i.de./shi.go.to.o./su.ru.ko.to.de.su.

目標是能用日語在國外工作。

一日も早く仕事を覚えられるよう頑張りますので、

i.chi.ni.chi.mo.ha.ya.ku./shi.go.to.o./o.bo.e.ra.re.ru.yo.u./ga.n.ba.ri.ma.su.no.de.

希望能好好努力早日熟記工作的內容，

どうぞよろしくお願いします。

do.u.zo./yo.ro.shi.ku./o.ne.ga.i.shi.ma.su.

請多多指教。

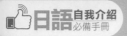
興趣（運動）

實戰會話

こんにちは。
ko.n.ni.chi.wa./
大家好。

私は陳太郎です。
wa.ta.shi.wa./chi.n.ta.ro.u.de.su.
我叫陳太郎。

タローと呼んでください。
ta.ro.o.to./yo.n.de.ku.da.sa.i.
請叫我太郎。

プライベートでは柔道と空手を
やっています。
pu.ra.i.be.e.to.de.wa./ju.u.do.u.to./ka.ra.te.o./
ya.tte.i.ma.su.
平常在練柔道和空手道。

こういったスポーツで自分を高め

たいと<ruby>思<rt>おも</rt></ruby>っています。
ko.u.i.tta./su.po.o.tsu.de./ji.bu.n.o./ta.ka.me.ta.
i.to./o.mo.tte.i.ma.su.
我覺得這樣的運動能提升自己。

まだまだ<ruby>未熟者<rt>みじゅくもの</rt></ruby>なので、
ma.da.ma.da./mi.ju.ku.mo.no.na.no.de.
我還有很多不成熟的地方，

どうぞよろしくお<ruby>願<rt>ねが</rt></ruby>いします。
do.u.zo./yo.ro.shi.ku./o.ne.ga.i.shi.ma.su.
請多多指教。

223

基本個人資料介紹

(實戰會話)

こんにちは。
ko.n.ni.chi.wa.
大家好。

<ruby>私<rt>わたし</rt></ruby> は<ruby>陳太郎<rt>ちんたろう</rt></ruby>といいます。
wa.ta.shi.wa./chi.n.ta.ro.u.to./i.i.ma.su.
我叫陳太郎。

<ruby>台湾<rt>たいわん</rt></ruby>の<ruby>台中市<rt>たいちゅんし</rt></ruby>に<ruby>住<rt>す</rt></ruby>んでいます。
ta.i.wa.n.no./ta.i.chu.u.n.shi.ni./su.n.de.i.ma.su.
住在台灣的台中市。

<ruby>会社員<rt>かいしゃいん</rt></ruby>です。
ka.i.sha.i.n.de.su.
是上班族。

<ruby>貿易会社<rt>ぼうえきがいしゃ</rt></ruby>に<ruby>勤<rt>つと</rt></ruby>めています。
bo.u.e.ki.ga.i.sha.ni./tsu.to.me.te.i.ma.su.
在貿易公司工作。

かいがいえいぎょうほんぶ　　ぶちょう
海外営業本部の部長をしていま
す。
ka.i.ga.i.e.i.gyo.u.ho.n.bu.no./bu.cyo.u.o./shi.
te.i.ma.su.

擔任海外事業總部的部長。

にほんりょうり　　　　　　　　　す
日本料理がとても好きです。
ni.ho.n.ryo.u.ri.ga./to.te.mo./su.ki.de.su.

我非常喜愛日本料理。

こんご　　　　　　　　　　　　　ねが
今後ともよろしくお願いします。
ko.n.go.to.mo./yo.ro.shi.ku./o.ne.ga.i.shi.
ma.su.

今後也請多多指教。

名字特色

實戰會話

みなさん、こんにちは。
mi.na.sa.n./ko.n.ni.chi.wa.
大家好。

鈴木智子です。
su.zu.ki.to.mo.ko.de.su.
我叫鈴木智子。

このクラスには、2人の鈴木さん
がいらっしゃいますので、
ko.no.ku.ra.su.ni.wa./fu.ta.ri.no./su.zu.ki.sa.
n.ga./i.ra.ssha.i.ma.su.no.de.
因為這個班上有2個人都姓鈴木。

混乱を避けるために、中学時代
の私のニックネームをご披露さ
せていただきたいと思います。
ko.n.ra.n.o./sa.ke.ru.ta.me.ni./chu.u.ga.ku.ji.

ta.i.no./wa.ta.shi.no./ni.kku.ne.e.mu.o./go.hi.
ro.u.sa.se.te./i.ta.da.ki.ta.i./to.o.mo.i.ma.su.

為了避免混淆，我想在這裡介紹我的小名。

"鈴"はベルですから、ベルトモと
呼んでください

su.zu.wa./be.ru.de.su.ka.ra./ba.ru.to.mo.to.yo.
n.de.ku.da.sa.i.

鈴是bell的意思，所以請大家叫我berutomo。

どうぞよろしくお願いします。
do.u.zo./yo.ro.shi.ku./o.ne.ga.i.shi.ma.su.

請多多指教。

求學生涯

實戰會話

始めまして、陳太郎です。
ha.ji.me.ma.shi.te./chi.n.ta.ro.u.de.su.
初次見面，我是陳太郎。

今日からお世話になります。
kyo.u.ka.ra./o.se.wa.ni./na.ri.ma.su.
從今天開始要受大家照顧了。

私 は高校1年生の時京都に旅行
したことがあります。
wa.ta.shi.wa./ko.u.ko.u.i.chi.ne.n.se.i.no.to.ki./
kyo.u.to.ni./ryo.ko.u.shi.ta.ko.to.ga.a.ri.ma.su.
我在高中1年級時曾經到京都旅行。

そのとき、経済水準の高い日本
が文化面でも非常に優れているの
を目の当たりにして、
so.no.to.ki./ke.i.za.i.su.i.ju.n.no.ta.ka.i.ni.

ho.n.ga./bu.n.ka.me.n.de.mo./hi.jo.u.ni.su.gu.re.te.i.ru.no.o./me.ni.a.ta.ri.ni.shi.te.

那時，我發現經濟水準很高的日本，在文化面上也非常優秀，

将来は日本で生活をしたいと思い、

sho.u.ra.i.wa./ni.ho.n.de./se.i.ka.tsu.o.shi.ta.i.to./o.mo.i.

希望將來能在日本生活，

日本語を勉強し始めました。

ni.ho.n.go.o.be.n.kyo.u.shi.ha.ji.me.ma.shi.ta.

於是開始學習日語。

大学は、経営学と日本語を学び、

da.i.ga.ku.wa./ke.i.e.i.ga.ku.to./ni.ho.n.go.ga.ku.o.ma.na.bi.

大學時學的是經營和日語。

日本語と日本経済を学ぶために、
日本経済新聞の一面を、週に2

回読んで勉強しました。

ni.ho.n.go.to./ni.ho.n.ke.i.za.i.o./ma.na.bu.ta.
me.ni./ni.ho.n.ke.i.za.i.shi.n.bu.n.no./i.chi.
me.n.o./shu.u.ni.ka.i./yo.n.de./be.n.kyo.u.shi.
ma.shi.ta.

為了學日語和日本經濟，每週會讀2次日本經濟新聞的頭版新聞。

今は日本語でのメールや日常会話は全く問題ないレベルにまで成長することができました。

i.ma.wa./ni.ho.n.go.de.no./me.e.ru.ya./ni.chi.
jo.u.ka.i.wa.wa./ma.tta.ku./mo.n.da.i.na.i./
re.be.ru.ni.ma.de./se.i.cho.u.su.ru.ko.to.ga./
de.ki.ma.shi.ta.

現在已經成長到，用日語寫電子郵件及進行日常會話，都沒有任何問題的程度。

今後はビジネスレベルで日本語が話せるように勉強したいと思います。

ko.n.go.wa./bi.ji.ne.su.re.be.ru.de./ni.ho.n.go.

ga./ha.na.se.ru.yo.u.ni./be.n.kyo.u.shi.ta.i.to./
o.mo.i.ma.su.

往後希望再學習，以達到能使用商用日語的程
度。

どうぞよろしくお願いします。

do.u.zo./yo.ro.shi.ku./o.ne.ga.i.shi.ma.su.

請多多指教。

社團

實戰會話

みなさん、こんにちは。
mi.na.sa.n./ko.n.ni.chi.wa.

大家好。

陳太郎と申します。
chi.n.ta.ro.u.to./mo.u.shi.ma.su.

我叫陳太郎。

台湾大学理工学部電子工学科で、
半導体研究室で修士論文の
執筆中です。
ta.i.wa.n.da.i.ga.ku./ri.ko.u.ga.ku.bu./de.n.shi.
ko.u.ga.ku.ka.de./ha.n.do.u.ta.i.ke.n.kyu.u.shi.
tsu.de./shu.u.shi.ro.n.bu.n.no./shi.ppi.tsu.chu.
u.de.su.

隸屬台灣大學工學部電子工學系的半導體研究
室，目前還在寫碩士論文。

スポーツは中学校からずっと

野球<ruby>やきゅう</ruby>をやってきました。
su.po.o.tsu.wa./chu.u.ga.kko.u.ka.ra./zu.tto./
ya.yu.u.o./ya.tte.ki.ma.shi.ta.

從中學就開始打棒球。

大学<ruby>だいがく</ruby>2年<ruby>ねん</ruby>のときに試合中<ruby>しあいちゅう</ruby>の怪我<ruby>けが</ruby>で
膝<ruby>ひざ</ruby>を故障<ruby>こしょう</ruby>してからはマネージャー
としてチームを支<ruby>ささ</ruby>えてきました。
da.i.ga.ku./ni.ne.n.no.to.ki.ni./shi.a.i.chu.u.no./
ke.ga.de./hi.za.o./ko.sho.u.shi.te.ka.ra.wa./
ma.ne.e.ja.a.to.shi.te./chi.i.mu.o./sa.sa.e.te.
ki.ma.shi.ta.

大2時在比賽中膝蓋受傷之後，就開始擔任經
理。

選手<ruby>せんしゅ</ruby>としては一流<ruby>いちりゅう</ruby>になれません
でしたが、
se.n.shu.to.shi.te.wa./i.chi.ryu.u.ni./na.re.
ma.se.n.de.shi.ta.ga.

雖然沒辦法當上一流的選手，

チームワークづくり、ムードづく

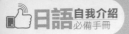

りではチームに貢献できたと自負
しています。

chi.i.mu.wa.a.ku.zu.ku.ri./mu.u.do.zu.ku.ride.
wa./chi.i.mu.ni./ko.u.ke.n.de.ki.ta.to./ji.fu.shi.
te.i.ma.su.

但我有自信在團隊活動、營造團隊氣氛上面，
我能有所貢獻。

どうぞよろしくお願いします。

do.u.zo./yo.ro.shi.ku./o.ne.ga.i.shi.ma.su.

請多多指教。

Track-C5-7

幼稚園－介紹自己及孩子

實戰會話

はじめまして。
ha.ji.me.ma.shi.te.
初次見面。

陳太郎の母、静香と申します。
chi.n.ta.ro.u.no.ha.ha./shi.zu.ka.to./mo.u.shi.
ma.su.
我是陳太郎的母親，我叫靜香。

どうぞよろしくお願いします。
do.u.zo./yo.ro.shi.ku./o.ne.ga.i.shi.ma.su.
請多多指教。

私はフルタイムで働いていますが、できる限り園での行事には参加して、親子ともに楽しみたいと思っています。
wa.ta.shi.wa./fu.ru.ta.i.mu.de./ha.ta.ra.i.te./

235

i.ma.su.ga./de.ki.ru.ka.gi.ri./en.de.no./gyo.u.ji.
ni.wa./sa.n.ka.shi.te./o.ya.ko.to.mo.ni./ta.no.
shi.mi.ta.i.to./o.mo.tte./i.ma.su.

我雖然是全職的工作，但也想盡可能參加幼稚園裡的活動，親子同樂。

太郎（たろう）は、元気（げんき）が余（あま）ってしかたがないタイプですので、

ta.ro.u.wa./ge.n.ki.ga./a.ma.tte.shi.ka.ta.ga.na.
i./ta.i.pu.de.su.no.de.

太郎是活力過剩讓人頭痛的孩子，

もしかしたら皆（みな）さんにご迷惑（めいわく）をおかけするかもしれません。

mo.shi.ka.shi.ta.ra./mi.na.sa.n.ni./go.me.i.wa.
ku.o./o.ka.ke.su.ru.ka.mo.shi.re.ma.se.n.

説不定會造成大家的困擾。

そういうときには、どうぞ遠慮（えんりょ）なく叱（しか）ってやってください。

so.u.i.u.to.ki.ni.wa./do.u.zo./e.n.ryo.na.ku./shi.
ka.tte./ya.tte.ku.da.sa.i.

如果這樣的話，請不必有所顧慮，盡管管教

他。

もしも叱っても聞かないようなと
き は、 私 に 教えてください。

mo.shi./shi.ka.tte.mo./ki.ka.na.i.yo.u.na.to.ki.
wa./wa.ta.shi.ni./o.shi.e.te.ku.da.sa.i.

如果管教不聽的話，請告訴我。

これからも、親子ともども、よろ
しくお願いします。

ko.re.ka.ra.mo./o.ya.ko.to.mo.do.mo./yo.ro.shi.
ku./o.ne.ga.i.shi.ma.su.

我們母子今後也請各位多多指教。

 新入住－和鄰居打招呼

實戰會話

ごめんくださいませ、
go.me.n.ku.da.sai.ma.se.
打擾了。

このたび、お隣に引っ越してき
た陳と申します。
ko.no.ta.bi./o.to.na.ri.ni/hi.kko.shi.te.ki.ta./chi.
n.to.mo.u.shi.ma.su.
我姓陳，是最近搬到隔壁的。

昨日引越での搬入等で、ご迷惑
をおかけしたと存じますが、
ki.no.u./hi.kko.shi.de.no./ha.n.nyu.u.na.do.de./
go.me.n.wa.ku.o./o.ka.ke.shi.ta.to./zo.n.ji.
ma.su.ga.
昨天搬家想必造成了你的困擾。

申し訳ございませんでした。

mo.u.shi.wa.ke./go.za.i.ma.se.n.de.shi.ta.

真的很抱歉。

ようやく全ての荷物を運び入れました
したので、

yo.u.ya.ku./su.be.te.no./ni.mo.tsu.o./ha.ko.
bi.i.re.ma.shi.ta.no.de.

現在所有的東西已經搬好了。

一息ついたところで、ごあいさつ
に上がりました。

hi.to.i.ki.tsu.i.ta.to.ko.ro.de./go.za.i.sa.tsu.ni./
a.ga.ri.ma.shi.ta.

現在終於告一段落，來和你打個招呼。

うちは、家族4人です、家内と
息子2人です。

u.chi.wa./ka.zo.ku.yo.ni.n.de.su./ka.na.i.to./
mu.su.ko.fu.ta.ri.de.su.

我們家有4個人，分別是我的妻子還有2個兒
子。

子供はまだ小さいので何かとご

迷惑をおかけするかもしれませんが、

ko.do.mo.wa./ma.da.chi.i.sa.i.no.de./na.ni.
ka.to./go.me.n.wa.ku.o./o.ka.ke.su.ru./ka.mo.
shi.re.ma.se.n.ga.

因為我的孩子還小，所以可能會造成你的困擾，

その節は何なりとお申し付けください。

so.no.se.tsu.wa./na.n.na.ri.to./o.mo.u.shi.tsu.
ke.ku.da.sa.i.

屆時還請你多多包涵。

私どもは、当地は始めてで、

wa.ta.shi.do.mo.wa./do.u.ch.wa./ha.ji.me.te.
de.

我們是第一次來到這裡，

はっきり言って右も左も分からない状態ですし、

ha.kki.ri.e.tte./mi.gi.mo.hi.da.ri.mo./wa.ka.
ra.na.i.jo.u.ta.i.de.su.shi.

老實説還分不清楚東西南北，

勝手も存じ上げません。

ka.tte.mo./zo.n.ji.a.ge.ma.se.n.

也不知應有的禮數，

いろいろお教えいただければと思

います。

i.ro.i.ro.o.o.shi.e./i.ta.da.ke.re.ba.to./o.mo.i.ma.

su.

但希望你能幫助我們。

どうぞよろしくお願いいたしま

す。

do.u.zo./yo.ro.shi.ku./o.ne.ga.i./i.ta.shi.ma.su.

請多多指教。

ほんの気持ですが、ごあいさつの

印 です、お納めください。

ho.n.no.ki.mo.chi.de.su.ga./go.a.i.sa.tsu.

no.shi.ru.shi.de.su./o.o.sa.me.ku.da.sa.i.

這是一點小意思，就當作是見面打招呼的紀

念，請你收下。

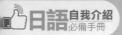

おくつろぎの時間を頂戴し、
失礼いたしました。
o.ku.tsu.ro.gi.no.ji.ka.no./cho.u.da.i.shi./shi.
tsu.re.i.i.ta.shi.ma.shi.ta.

不好意思耽誤你寶貴的時間,那我先告辭了。

CHAPTER.06

實戰
範例篇

就職面試

 過去經歷(金融)

實戰會話

こんにちは。
ko.n.ni.chi.wa.
大家好。

私 は陳太郎と申します。
wa.ta.shi.wa./chi.n.ta.ro.u.to./mo.u.shi.ma.su.
我叫陳太郎。

金融業界で働いて5年になります。
ki.n.yu.u.gyo.u.ka.i.de./ha.ta.ra.i.te./go.ne.n.ni.na.ri.ma.su.
我已經在金融業工作5年。

何種類かの仕事を経験してまいりました。
na.n.shu.ru.i.ka.no./shi.go.to.o./ke.i.ke.n.shi.te./ma.i.ri.ma.shi.ta.

經歷過幾種不同的工作。

それぞれにいつも学ぶものがあり
ました。

so.re.zo.re.ni/i.tsu.mo./ma.na.bu.mo.no.ga./
a.ri.ma.shi.ta.

分別都有所成長學習。

銀行員だった時には、接客につ
いて、

gi.n.ko.u.i.n.da.tta.to.ki.ni.wa./se.kkya.ku.ni.
tsu.i.te.

當銀行行員時，我學習如何待客，

ボンドトレーダーをしていた時に
は、

bo.n.do.to.re.e.da.a.o./shi.te.i.ta.to.ki.ni.wa.

負責債券交易時，

プレッシャー下で働くことを学
びました。

pu.re.ssha.a.ka.de./ha.ta.ra.ku.ko.to.o./ma.na.
bi.ma.shi.ta

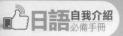

我學到了如何在壓力下工作。

この業界で働くことが好きです。

ko.no.gyo.u.ka.i.de./ha.ta.ra.ku.ko.to.ga.su.ki.de.su.

我很喜歡在這個行業工作。

過去の経験を十分に活かして、

ka.ko.no./ke.i.ke.n.no./ju.u.bu.n.ni./i.ka.shi.te.

希望能充分利用過去的經驗，

貴社に貢献したいと思います。

ki.sha.ni./ko.u.ke.n.shi.ta.i.to./o.mo.i.ma.su.

對貴公司有所貢獻。

どうぞよろしくお願いします。

do.u.zo./yo.ro.shi.ku./o.ne.ga.i.shi.ma.su.

請多多指教。

Track-C6-2

學經歷（稅務）

實戰會話

陳人郎（ちんたろう）と申（もう）します。
chi.n.ta.ro.u.to./mo.u.shi.ma.su.

我叫陳太郎。

台湾大学工学部経営工学科を
（たいわんだいがく こうがく ぶ けいえいこうがく か）
卒業後（そつぎょうご）、永続株式会社（えいぞくかぶしきがいしゃ）に勤（つと）める
傍（かたわ）ら勉強（べんきょう）して、
ta.i.wa.n.da.i.ga.ku./ko.u.ga.ku.bu./ke.i.e.i.ko.
u.ga.ku.ka.o./so.tsu.gyo.u.go./e.i.zo.ku.ka.
bu.shi.ki.ni.tsu.to.me.ru.ka.ta.wa.ra./be.n.kyo.
u.shi.te.

台灣大學工學部經營工學系畢業後，在永續股
份公司工作時，便一邊念書，

このたび税理士資格（ぜいりししかく）を取得（しゅとく）しました。
た。
ko.no.ta.bi./ze.i.ri.shi.shi.ka.ku.o./shu.to.ku.shi.

ma.shi.ta.

最近取得了記帳士資格。

税理士としての実務経験はありま
せんが、

ze.i.ri.shi.to.shi.te.no./ji.tsu.mu.ke.i.ke.n.wa./
a.ri.ma.se.n.ga.

雖然沒有記帳士的實務經驗，

前職では企業の経営企画部にお
りましたので、

ze.n.sho.ku.de.wa./ki.gyo.u.no./ke.i.e.i.ki.
ka.ku.bu.ni./o.ri.ma.shi.ta.no.de.

但在之前的公司隸屬於營業企畫部，

決算業務、会社法、業務委託に
関する契約書などに知識と経験
を得る事ができました。

ke.ssa.n.gyo.u.mu./ka.i.sha.ho.u./gyo.u.mu.
i.ta.ku.ni.ka.n.su.ru./ke.i.ya.ku.sho.na.do.ni./
chi.shi.ki.to./ke.i.ke.n.o./e.ru.ko.to.ga./de.ki.
ma.shi.ta.

所以對於結算、公司法、業務委託的相關契約

書等，都具有知識和經驗。

税理士の業務を通して企業とコミュニケーションをする際に役立つのではないかと思っています。

ze.i.ri.shi.no./gyo.u.mu.o./to.o.shi.te./ki.gyo.u.to./ko.myu.ni.ke.e.sho.no./su.ru.sa.i.ni./ya.ku.da.tsu.no.de.wa.na.i.ka./to.mo.mo.tte.i.ma.su.

希望透過記帳士的工作，在企業間溝通能扮演有用的角色。

どうぞ宜しくお願いします。

do.u.zo./yo.ro.shi.ku./o.ne.ga.i.shi.ma.su.

請多多指教。

大學經歷

實戰會話

<ruby>陳太郎<rt>ちんたろう</rt></ruby>です。
chi.n.ta.ro.u.de.su.
我叫陳太郎。

よろしくお<ruby>願<rt>ねが</rt></ruby>いします。
yo.ro.shi.ku./o.ne.ga.i.sh.ma.su.
請多指教。

<ruby>大学<rt>だいがく</rt></ruby>では<ruby>情報学<rt>じょうほうがく</rt></ruby>を<ruby>専攻<rt>せんこう</rt></ruby>しており、
da.i.ga.ku.de.wa./jo.u.ho.u.ga.ku.o./se.n.ko.u.shi.te.o.ri.
我在大學主修資訊傳播。

アルバイトは<ruby>塾講師<rt>じゅくこうし</rt></ruby>と<ruby>家庭教師<rt>かていきょうし</rt></ruby>をしていました。
a.ru.ba.i.to.wa./ju.ku.ko.u.shi.to./ka.te.i.kyo.u.shi.o./shi.te.i.ma.shi.ta.

也打工當補習班講師和家教。

サークルは、30人規模のサッカー
サークルに所属していました。
sa.a.ku.ru.wa./san.ju.u.ni.n.ki.bo.no./sa.kka.
a.sa.a.ku.ru.ni./sho.zo.ku.shi.te./i.ma.shi.ta.
同時加入了30人程度的足球社團。

趣味はスポーツと音楽です。
shu.mi.wa./su.po.o.tsu.to./o.n.ga.ku.de.su.
興趣是運動和音樂。

広告業界には以前から非常に
興味がありまして、
ko.u.ko.ku.gyo.u.ka.i.ni.wa./i.ze.n.ka.ra./hi.jo.
u.ni./kyo.u.mi.ga./a.ri.ma.shi.te.
我從以前就對廣告業很有興趣。

是非やりたい仕事だと思っており
ました。
ze.hi.ya.ri.ta.i./shi.go.to.da.to./o.mo.tte./o.ri.
ma.shi.ta.
覺得很想從事這樣的工作。

経験を活かして頑張りたいと思っ
ておりますので

ke.i.ke.n.o./i.ka.shi.te./ga.n.ba.ri.ta.i.to.o.mo.
tte.o.ri.ma.su.no.de.

我會利用我的經驗好好努力，

何卒宜しくお願い致します。

na.ni.to.zo./yo.ro.shi.ku./o.ne.ga.i.i.ta.shi.
ma.su.

請多多指教。

Track-C6-4

興趣專長（建築）

實戰會話

私は、友人たちから"鉄道オタク"と呼ばれるほど鉄道が好きです。

wa.ta.shi.wa./yu.u.ji.n.ta.chi.ka.ra./te.tsu.do.u.o.ta.ku./to.yo.ba.re.ru.ho.do./te.tsu.do.u.ga./su.ki.de.su.

我喜歡鐵路的程度，讓朋友叫我鐵道御宅族。

中学生のときから各地の駅を訪ね、

chu.u.ga.ku.se.i.no.to.ki.ka.ra./ka.ku.chi.no./e.ki.o./ta.zu.ne.

中學時就拜訪各車站，

鉄道トンネルは列車に乗って実際に通過を体験するなどして、

te.tsu.do.u.to.n.ne.ru.wa./re.ssha.ni.no.tte./

ji.ssa.i.ni./tsu.u.ka.o./ta.i.ke.n.su.ru.na.do.shi.te.

還從火車實際通過鐵路隧道進行體驗，

土木工学的かつ交通工学的な
知見を深めてまいりました。

do.bo.ku.ko.u.ga.ku.te.ki./ka.tsu.ko.u.u.tsu.u.ko.u.gaku.te.ki.na./chi.ke.n.o./fu.ka.me.te.ma.i.ri.ma.shi.ta.

以增加對土木工程和交通工程的知識。

自分も鉄道建設の仕事に従事し
たいと思い、

ji.bu.n.mo./te.tsu.do.u.ke.n.se.tsu.no./shi.go.to.ni./ju.u.ji.shi.ta.i.to.o.mo.i.

我因為想從事鐵路建設的工作，

理工学部の土木工学科を選んだほ
どです。

ri.ko.u.gaku.bu.no./do.bo.ku.ko.u.ga.ku.ka.o./e.ra.n.da.ho.do.de.su.

所以選擇了理工學院的土木工程系。

エンジニアとしてでなくても、

e.n.ji.ni.a.to.shi.te.de.na.ku.te.mo.

就算不是工程師，

プロジェクトの一員として御社の
鉄道建設に参加することができま
したら幸いです。

pu.ro.je.ku.to.no./i.chi.i.n.to.shi.te./o.n.sha.no./
te.tsu.do.u.ke.n.se.tsu.ni./sa.n.ka.su.ru.ko.to.
ga./de.ki.ma.shi.ta.ra./sa.i.wa.i.de.su.

只要能成為工程裡的一員，參加貴社的鐵路建
設，我就覺得三生有幸了。

生懸命頑張りますので

i.ssho.u.ke.n.me.i./ga.n.ba.ri.ma.su.no.de.

我會努力表現，

何卒宜しくお願い致します。

na.ni.to.zo./yo.ro.shi.ku./o.ne.ga.i./i.ta.shi.
ma.su.

請多多指教。

專長（服裝）

實戰會話

私 の目 標 は、ファッションコー
ディネーターとして認められるこ
とです。

wa.ta.shi.no./mo.ku.hyo.u.wa./fa.ssho.n./
ko.o.di.ne.e.ta.a.to.shi.te./mi.to.me.ra.re.ru.
ko.to.de.su.

我的目標是成為成功的服裝造型師。

高 校 の部活ではファッション
研 究 会 に所属し、

ko.u.ko.u.no./bu.ka.tsu.de.wa./fa.ssho.n.ke.
n.kyu.u.ka.i.ni./sho.zo.ku.shi.

高中社團是參加時尚研究社。

ファッションデザインやコーディ
ネイトの基本を独学で勉 強 して
きました。

fa.ssho.n.de.za.in.ya./ko.o.di.ne.i.to.no./
ki.ho.no./do.ku.ga.ku.de./be.n.kyo.u.shi.te.ki.
ma.shi.ta.

靠自學學習設計和搭配。

御社に採用されましたら、

o.n.sha.ni./sa.i.yo.u.sa.re.ma.shi.ta.ra.

如果能被貴公司採用，

研修期間終了後には服飾
関係の職場に配属されることを
希望していますが、

ke.nshu.u.ki.ka.n./shu.u.ryo.u.go.ni.wa./fu.ku.
sho.ku.ka.n.ke.i.no./sho.ku.ba.ni./ha.i.zo.ku.sa.
re.ru.ko.to.o./ki.bo.u.shi.te.i.ma.su.ga.

我希望實習結束後能分發到服裝相關的工作單
位，

もし別の職場であったとしても
精一杯勤めさせていただきます。

mo.shi./be.tsu.no.sho.ku.ba.de./a.tta.to.shi.
te.mo./se.i.i.ppa.i./tsu.to.me.sa.se.te.i.ta.da.ki.
ma.su.

但即使是分配到別的單位我也會很努力。

また、将来は色彩検定の資格も
取得し、

ma.ta./sho.u.ra.i.wa./shi.ki.sa.i.ke.n.te.i.no./shi.
ka.ku.mo./shu.to.ku.shi.

將來我想取得色彩檢定資格，

経験を積ませていただいた上で、

ke.i.ke.n.o./tsu.ma.se.te./i.ta.da.i.ta.u.e.de.

靠著經驗的累積，

いずれは本店の婦人服売場を担当
させていただきたいと思っていま
す。

i.zu.re.wa./ho.n.te.n.no./fu.ku.ji.n.fu.ku.u.ri.
ba.o./ta.n.to.u.sa.se.te.i.ta.da.ki.ta.i.to./o.mo.
tte.i.ma.su.

希望有一天能負責總公司女性服飾的工作。

どうぞよろしくお願いします。

do.u.zo./yo.ro.shi.ku./o.ne.ga.i.shi.ma.su.

請多多指教。

個性（服務業）

實戰會話

はじめまして、陳太郎と申します。

ha.ji.me.ma.shi.te./chi.n.ta.ro.u.to./mo.u.shi.ma.su.

初次見面，我叫陳太郎。

台湾大学出身で、専門は社会学でした。

ta.i.wa.n.da.i.ga.ku.shu.sshi.n.de./se.n.mo.n.wa./sha.ka.i.ga.ku.de.shi.ta.

我畢業於台灣大學，主修社會學。

私は、初対面の人に対して上手に応対できるか自信がないのですが、

wa.ta.shi.wa./sho.ta.i.me.n.no.hi.to.ni./ta.shi.te./jo.u.zu.ni./o.u.ta.i.de.ki.ru.ka./ji.shi.n.ga.

na.i.no.de.su.ga.

對於初次見面的人，我雖然沒有信心能得體的應對，

それでも笑顔には自信があります。

so.re.de.mo./e.ga.o.ni./ji.shi.n.ga.a.ri.ma.su.

但我對自己的笑容很有信心。

失礼にならないように、気分よく帰ってもらえるように、

shi.tsu.re.i.ni./na.ra.na.i.yo.u.ni./ki.bu.n.yo.ku./ka.e.tte.mo.ra.e.ru.yo.u.ni.

我會盡量不失禮，讓客人能愉快的離開店裡，

精一杯接客につとめます。

se.i.i.ppa.i./se.kkya.ku.ni./tsu.to.me.ma.su.

努力做好接待客人的工作。

もちろん、遅刻は絶対にしません。

mo.chi.ro.n./chi.ko.ku.wa./ze.tta.i.ni./shi.ma.se.n.

當然我一定不會遲到。

レジも間違えないように頑張りま

すので、

re.ji.mo./ma.chi.ga.e.na.i.yo.u.ni./ga.n.ba.

ri.ma.su.no.de.

收銀工作也會努力不出錯。

よろしくお願いします。

yo.ro.shi.ku.o.ne.ga.i.shi.ma.su.

請多多指教。

再就職

實戰會話

はじめまして、鈴木恵美と申します。

ha.ji.me.ma.shi.te./su.zu.ki.e.mi.to./mo.u.shi.ma.su.

初次見面，我叫鈴木惠美。

出産と育児に専念するために前職を離れてから4年になります。

shu.ssa.n.to./i.ku.ji.ni./se.n.ne.n.su.ru.ta.me.ni./ze.n.sho.ku.ni./ha.na.re.te.ka.ra./yo.ne.n.ni.na.ri.ma.su.

為了生產並專心照顧孩子，我4年前離開了前公司。

以前は、総務部の総務課に勤務し

ていました。
i.ze.n.wa./so.u.mu.bu.no./so.u.mu.ka.ni./
ki.n.mu.shi.te.i.ma.shi.ta.

以前是在總務部的總務課工作。

前職にあったときは、つねに明るい笑顔を絶やさず、
ze.n.sho.ku.ni.a.tta.to.ki.wa./tsu.ne.ni./a.ka.ru.i.e.ga.o.o./ta.ya.sa.zu.

在前公司時，我總是保持著開朗的笑容。

仕事はいつも正確、迅速にと心掛けておりました。
shi.go.to.wa./i.tsu.mo./se.i.ka.ku.ni./ju.n.so.ku.ni.to./ko.ko.ro.ga.ke.te./o.ri.ma.shi.ta.

一直都提醒自己工作要正確並迅速完成。

この度もその心掛けで勤めさせていただく所存です。
ko.no.ta.bi.mo./so.no.ko.ko.ro.ga.ke.de./tsu.to.me.sa.se.te.i.ta.da.ku.sho.zo.n.de.su.

這次的工作我也會秉持這樣的觀念。

個性（業務）

實戰會話

みなさん、こんにちは。
mi.na.sa.n./ko.n.ni.chi.wa.
大家好。

私 は陳太郎と申します。
wa.ta.shi.wa./chi.n.ta.ro.u.to./mo.u.shi.ma.su.
我叫陳太郎。

私 は、初対面の人とでもすぐ
に打ち解けて 話 ができるという
特技を持っています。
wa.ta.shi.wa./sho.ta.i.me.n.no.hi.to.to.de.mo./
su.gu.ni./u.chi.to.ke.te./ha.na.shi.ga./de.ki.
ru.to.i.u./to.ku.gi.o.mo.tte.i.ma.su.
我的特長就是，對於初次見面的人，也能立刻
打成一片展開對話。

友 達は「お調子者」、「口がう

まい」などと揶揄しますが、
to.mo.da.chi.wa./o.cho.u.shi.mo.no./ku.chi.
ga.u.ma.i./na.do.to./ya.yu.shi.ma.su.ga.

朋友總挖苦我是「牆頭草」「花言巧語」。

私は真摯に相手の話を聞き、
誠意をもってそれに答えているだ
けです。

wa.ta.sh.wa./shi.n.shi.ni./a.i.te.no./ha.na.shi.
o./ki.ki./se.i.o.mo.tte./so.re.ni./ko.ta.e.te.i.ru.
da.ke.de.su.

但我只是真摯地聽對方的話，並有誠意的回答
對方而已。

この特技は、営業職としてお
客様のご要望を正しく理解し、
信頼を得るのにきっと役立つもの
と思います。

ko.no.to.ku.gi.wa./e.i.gyo.u.sho.ku.to.shi.te./
o.kya.ku.sa.ma.no./go.yo.u.bo.u.o./ta.da.shi.
ku./ri.ka.i.shi./shi.n.ra.i.o./e.ru.no.ni./ki.tto./

ya.ku.da.tsu.mo.no.to./o.mo.i.ma.su.

我覺得這個專長，在業務工作上，正確了解客人的需求、取得顧客信賴，是很有用的。

また、いつも前向きに物事を 考えようとするところも、

ma.ta./i.tsu.mo./ma.e.mu.ki.ni./mo.no.go.to.o./ka.n.ga.e.yo.u.to./su.ru.to.kko.ro.mo.

而且，我對事物總是正向思考，

営業職には適していると思います。

e.i.gyo.u.sho.ku.ni.wa./te.ki.shi.te.i.ru.to./o.mo.i.ma.su.

這樣的個性正適合業務的工作。

私 としては、多少のつまずきや予期せぬ不運で沈んでいては余計に 状 況 が悪くなるだけ、

wa.ta.shi.to.shi.te.wa./ta.sho.u..no./tsu.ma.zu.ki.ya./yo.ki.se.nu.fu.u.n.de./shi.zu.n.de.i.te.wa./yo.ke.i.ni./jo.u.kyo.u.ga./wa.ru.ku.na.ru.da.ke.

我覺得，為了一些挫折和預料之外的惡運就意

志消沉，只是讓狀況變得更糟而已。

もっと頑張れば次はきっと成果が
出せるというように、

mo.tto.ga.n.ba.re.ba./tsu.gi.wa./ki.tto.se.i.ka.
ga.da.se.ru.to.i.u.yo.u.ni.

只要再努力一點，下次一定會有好的結果，

前向きに 考 えることが癖となっ
ています。

ma.e.mu.ki.ni./ka.n.ga.e.ru.ko.to.ga./ku.se.
to.na.tte.i.ma.su.

這種正向思考已經成為了我的習慣。

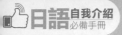
 積極性

實戰會話

自分の長所は、自分が属している
集団と積極的に関わっていこ
うとする点だと思います。

ji.bu.n.no./cho.u.sho.wa./ji.bu.n.ga./zo.ku.shi.
te.i.ru./shu.u.da.n.to./se.kkyo.ku.te.ki.ni./ka.ka.
wa.tte.i.ko.u.to.su.ru.te.n.da.to./o.mo.i.ma.su.

我的優點,就是能積極參與自己所屬的團體。

子供の頃から、そういう性格は変
わっていません。

ko.do.mo.no.ko.ro.ka.ra./so.u.i.u./se.i.ka.
ku.wa./ka.wa.tte.i.ma.se.n.

我從小就是這樣的性格沒有變過。

小学生のときには下級生たちの
世話役でしたし、

sho.u.ga.ku.se.i.no.to.ki.ni.wa./ka.kyu.u.se.i.ta.

chi.no./se.wa.ya.ku.de.shi.ta.shi.

小學的時候負責照顧學弟妹。

中学では毎年クラス委員に選ば
れ、

chu.u.ga.ku.de.wa./ma.i.to.shi./ku.ra.su.ik.
i.n.ni./e.ra.ba.re.

中學時每年都被選為班長。

3年生のときには自分から立候補
しました。

sa.n.ne.n.se.i.no.to.ki.ni.wa./ji.bu.n.ka.ra./
ri.kko.u.ho.shi.ma.shi.ta.

國3的時候還自願提名。

高校では老人ホームでボランティ
アをしていました。

ko.u.ko.u.de.wa./ro.u.ji.n.ho.o.mu.de./bo.ra.
n.ti.a.o./shi.te.i.ma.shi.ta.

高中時到老人院當志工。

そして、大学生になってからもボ
ランティア活動の汗も流したりし

ていました。
so.shi.te./da.i.ga.ku.se.i.ni.na.tte.ka.ra.mo./
bo.ra.n.ti.a.ka.tsu.do.u.de./a.se.o.na.ga.si.ta.ri.
shi.te.i.ma.shi.ta.

進了大學，仍然為了志工活動盡力。

この世の中に、自分がなすべきこ
とは、たくさんあります。
ko.no.yo.no.na.ka.ni./ji.bu.n.ga./na.su.be.ki.
ko.to.wa./ta.ku.sa.n.a.ri.ma.su.

我覺得在這個世界上，有很多該做的事情。

私は、そういう気持ちで会社と
も関わっていきたいと思っていま
す。
wa.ta.shi.wa./so.i.u.ki.mo.chi.de./ka.i.sha.
to.mo./ka.ka.wa.tte.i.ki.ta.i.to./o.mo.tte.i.ma.su.

我想要抱持著這樣的想法，為公司盡一份心
力。

どうぞよろしくお願いします。
do.u.zo./yo.ro.shi.ku./o.ne.ga.i.shi.ma.su.

請多多指教。

Track-C6-10

體力

實戰會話

私は、小学校高学年のときから現在まで、ずっと野球部に所属してきました。

wa.ta.shi.wa./sho.u.ga.kko.u.ko.u.ga.ku.ne.
n.n.no.to.ki.ka.ra./ge.n.za.i.ma.de./zu.tto./
ya.kyu.u.bu.ni./sho.zo.ku.si.te.ki.ma.shi.ta.

我從小學高年級到現在，一直都在棒球隊裡。

今も、大学の野球部でサードを務めています。

i.ma.mo./da.i.ga.ku.no./ya.kyu.u.bu.de./
sa.a.do.o./tsu.to.me.te.i.ma.su.

現在也是大學棒球隊的三壘手。

また、アルバイトを兼ねて、少年野球の男子チーム・女子チーム両方のコーチし務めていす

す。

ma.ta./a.ru.ba.i.to.o./ka.ne.te./sho.u.ne.n.ya.
ky.u.no./da.n.shi.chi.i.mu./jo.sho.chi.i.mu./ryo.
u.ho.u.no./ko.o.chi.mo./tsu.to.me.te.i.ma.su.

另外，也透過打工，擔任少年棒球的男子、女
子隊伍的教練。

少年野球のコーチとは言え、

sho.u.ne.n.ya.kyu.u.no./ko.o.chi.to.wa.i.e.

雖然說是少棒的教練，

元気に走り回る子供たちといっ
ょに走り続けなければなりません
ので、

ge.n.ki.ni./ha.sh.ri.ma.wa.ru.ko.do.mo.ta.chi.
to./i.ssho.ni./ha.shi.ri.tsu.zu.ke.na.ke.re.ba./
na.ri.ma.se.n.no.de.

但也必需要和充滿活力的孩子一起跑才行，

意外と体力を使う仕事です。

i.ga.i.to./ta.i.ryo.ku.o./tsu.ka.u.shi.go.to.de.su.

意外的是份耗費體力的工作。

おかげで、大学リーグのシーズン

オフでもいいトレーニングになって、
o.ke.ge.de./da.i.ga.ku./ri.i.gu.no./shi.i.zu.no.fu.de.mo./i.i.to.re.e.nin.gu.ni.na.tte.

藉著這份工作，即使大學聯盟沒比賽時，我也能鍛鍊身體，

体力を落とさずにスタメンでがんばっていられるのだと思っています。
ta.i.ryo.ku.o./o.to.sa.zu.ni./su.ta.me.n.de./ga.n.ba.tte.i.ra.re.ru.no.da.to./o.mo.tte.i.ma.su.

一直保持體力以在先發位置上繼續活躍。

私は、研究職が志望ですが、徹夜続きの研究実験や過酷な自然環境の中でのフィールドワークでも、
wa.ta.shi.wa./ke.n.kyu.u.sho.ku.ga./shi.bo.u.de.su.ga./te.tsu.ya.tsu.zu.ki.no./ke.n.kyu.uji.kke.n.ya./ka.ko.ku.na./shi.ze.n.ka.n.kyu.

u.no./na.ka.de.no./fi.i.ru.do.wa.a.ku.de.mo.

我想要擔任研發的職務，在必需連續熬夜進行
實驗，或是在嚴苛的自然環境下的工作，

この<ruby>体力<rt>たいりょく</rt></ruby>で<ruby>頑張<rt>がんば</rt></ruby>りますので、

ko.no.ta.i.ryo.ku.de./ga.n.ba.ri.ma.su.no.de.

我都會利用我的體力好好努力，

どうぞよろしくお<ruby>願<rt>ねが</rt></ruby>いいたします。

do.u.zo./yo.ro.shi.ku./o.ne.ga.i./i.ta.shi.ma.su.

請多多指教。

Track-C6-11

學經歷、主修

實戰會話

私 は陳太郎です。
wa.ta.shi.wa./chi.n.ta.ro.u.de.su.
我叫陳太郎。

台湾大学で経済学を専攻してい
ました。
ta.i.wa.n.da.i.ga.ku.de./ke.i.za.i.ga.ku.o./
se.n.ko.u.shi.te.i.ma.shi.ta.
在台灣大學時主修經濟。

大学時代では研究と共に、サー
クル活動、アルバイトと充実し
た生活を行ってきました。
da.i.ga.ku.ji.da.i.de.wa./ke.n.kyu.u..to.to.mo.
ni./sa.a.ku.ru.ka.tsu.do.u./a.ru.ba.i.to.to./ju.u.ji.
tsu.shi.ta./se.i.ka.tsu.o./o.ko.na.tte.ki.ma.shi.ta.
大學時除了研究，也進行社團活動、打工，過

著充實的生活。

その中でもアルバイトは4年間同
じ職場で働き、

so.no.na.ka.de.mo./a.ru.ba.i.to.wa./yo.ne.n.ka.
n./o.na.ji.sho.ku.ba.de./ha.ta.ra.ki.

其中打工4年都是在同一間公司。

上司からも信頼を得られました。

jo.u.shi.ka.ra.mo./shi.n.rai.o./e.ra.re.ma.shi.ta.

得到主管的信賴。

というのも私は職場での課題を
見つけるとすぐに上司に相談し、

to.i.u.no.mo./wa.ta.shi.wa./sho.ku.ba.de.no./
ka.da.i.o./mi.tsu.ke.ru.to./su.gu.ni./jo.u.shi.ni./
so.u.da.n.shi./

這是因為我在職場上發現什麼問題，就會立刻
詢問主管，

職場のメンバーと共に改善を繰り
返してきたからです。

sho.ku.ba.no./me.n.ba.a.to./to.mo.ni./ka.i.ze.
n.o./ku.ri.ka.e.shi.te.ki.ta.ka.ra.de.su.

並且和職場上的同事一起進行各種改善。

私 は思い立ったらすぐ周りと
相談し、
wa.ta.shi.wa./o.mo.i.ta.tta.ra./su.gu./ma.wa.
ri.to.so.u.da.n.shi.

只要想到什麼，就會立刻和旁邊的人商量，

解決に向けた行動できる行動 力
が 私 の強みです。
ka.i.ke.tsu.ni./mu.ke.ta.ko.u.do.u.de.ki.ru.
ko.u.do.u.ryo.ku.ga./wa.ta.shi.no.tsu.yo.mi.
de.su.

具有面對、解決問題的行動力，就是我的優
點。

一 生 懸 命 頑張りますので
i.ssho.u.ke.n.me.i./ga.n.ba.ri.ma.su.no.de.

我會努力表現，

どうぞよろしくお願いします。
do.u.zo./yo.ro.shi.ku./o.ne.ga.i.shi.ma.su.

請多多指教。

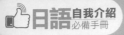
學經歷

實戰會話

たいわんだいがくしょうがくぶけいざいがっか ちん
台湾大学 商 学部経済学科の陳
たろう もう
太郎と申します。

ta.i.wa.n.da.i.gak.u./sho.u.ga.ku.bu./ke.i.za.
i.ga.kka.no./chi.n.ta.ro.u.to./mo.u.shi.ma.su.

我是畢業於台灣大學商學院經濟系的陳太郎。

わたし だいがく やきゅう
私 は、大学で野球サークルに
ざいせき
在 籍し、

wa.ta.shi.wa./da.i.ga.ku.de./ya.kyu.u.sa.a.ku.
ru.ni./za.i.se.ki.shi.

大學時屬於棒球社。

さんねんせい たいちょう つと
3 年生のときは隊 長を務めまし
た。

sa.n.ne.n.se.i.no.to.ki.wa./ta.i.cho.u.o./tsu.
to.me.ma.shi.ta.

3年級時當上隊長。

その中で、協調性という能力
を身に付けましたので、
so.no.na.ka.de./kyo.u.cho.u.se.i.to.i.u./
no.u.ryo.ku.o./mi.ni./tsu.ke.ma.shi.ta.no.de.
那時學會了溝通協調的能力。

御社でも活かしていけるのではと
思っております。
o.n.sha.de.mo./i.ka.shi.te./i.ke.ru.no.de.wa./
to.o.mo.tte./o.ri.ma.su.
我認為這個能力能運用在貴公司中。

どうぞ宜しくお願いします。
do.u.zo./yo.ro.shi.ku./o.ne.ga.i.shi.ma.su.
請多多指教。

專長和個性

實戰會話

私の自慢は、体力と集中力 です。

wa.ta.shi.no./ji.ma.n.wa./ta.i.ryo.ku.to./shu.u.chu.u.ryo.ku.de.su.

我對於體力和專注力很有自信。

子供の頃からスポーツをしていま したので体力には自信がありま す。

ko.do.mo.no.ko.ro.ka.ra./su.po.o.tsu.o./shi.te.i.ma.shi.ta.no.de./ta.i.ryo.ku.ni.wa./ji.shi.n.ga.a.ri.ma.su.

從小就從事體育活動，所以對體力很有自信。

スポーツの中でも特に中学、 高校とやっていた卓球では 集中力がとても重要です。

su.ppo.o.tsu.no.na.ka.de.mo./to.ku.ni./chu.
u.ga.ku./ko.u.ko.u.to.ya.tte.i.ta./ta.kkyu.u.de.
wa./shu.u.chu.u.ryo.ku.ga./to.te.mo.ju.u.yo.
u.de.su.

從事過的運動中，中學、高中時打桌球，專注
力非常重要。

私 は、練習試合などで、僅差
で負けていた相手でも本番では
集 中 力を発揮して勝ってしま
うという事は 珍 しくありません
でした。

wa.ta.shi.wa./re.n.shu.u.ji.a.i.na.do.de./ki.n.sa.
de./ma.ke.te.i.ta.a.i.te.de.mo./ho.n.ba.n.de.
wa./shu.u.chu.u.ryo.ku.o./ha.kki.shi.te./ka.tte.
shi.ma.u.to.u.i.ko.to.wa./me.zu.ra.shi.ku./a.rio.
ma.se.n.de.shi.ta.

在練習比賽中以些微差距落敗的對手，在正式
比賽時，我經常發揮專注力獲得勝利。

私 の性格は明るく活発で、友達
との集まりも好きです。

wa.ta.shi.no./se.i.ka.ku.wa./a.ka.ru.ku./ka.ppa.
tsu.de./to.mo.da.chi.to.no./a.tsu.ma.ri.mo./
su.ki.de.su.

我的個性既開朗又活潑，很喜歡呼朋引伴。

研究室の集まりにも積極的に
参加しています。

ke.n.kyu.u.shi.tsu.no./a.tsu.ma.ri.ni.mo./
se.kkyo.ku.te.ki.ni./sa.n.ka.shi.te.i.ma.su.

也行積極參加研究室的聚會。

それでも、ただ明るいだけではあ
りません。

so.re.de.mo./ta.da.a.ka.ru.i.da.ke.de.wa./a.ri.
ma.se.n.

不僅只是開朗而已，

1人で物事を考え取り組むことも
好きです。

hi.to.ri.de./mo.no.go.to.o./ka.n.ga.e.to.ri.ku.
mu.ko.to.mo./su.ki.de.su.

我也喜歡獨自1人思考事情，

その1つとして、家にいるとき

でも学校とは別の教材でプログ
ラミングなどの勉強をしていま
す。

so.no.hi.to.tsu.to.shi.te./i.e.ni.i.ru.to.ki.de.mo./
ga.kko.u.to.wa./be.tsu.no.kyo.u.za.i.de./pu.ro.
gu.ra.mi.n.gu.na.do.no./be.n.kyo.u;.o./shi.
te.i.ma.su.

其中一個例子就是，我在家的時候也會用和學
校不同的課本，學習程式設計。

一生懸命頑張りますので

i.ssho.u.ke.n.me.i./ga.n.ba.ri.ma.su.no.de.

我會努力表現，

どうぞよろしくお願いします。

do.u.zo./yo.ro.shi.ku./o.ne.ga.i.shi.ma.su.

請多多指教。

勤加練習，
用日語自我介紹不再是難事！！

CHAPTER.07

實戰

範例篇

職場

私は…

 所屬擔當

実戦會話

皆さんこんにちは。
mi.na.sa.n./ko.n.ni.chi.wa.
大家好。

自己紹介をさせて頂きたいと思います。
ji.ko.sho.u.ka.i.o./sa.se.te./i.ta.da.ki.ta.i.to./o.mo.i.ma.su.
請容我自我介紹。

私は陳太郎と申します。
wa.ta.shi.wa./chi.n.ta.ro.u.to./mo.u.shi.ma.su.
我叫陳太郎。

永続コーポレーションに8年間勤めております。
e.i.zo.ku./ko.o.po.re.e.sho.n.ni./ha.chi.ne.n.ka.n./tsu.to.me.te./i.ri.ma.su.

在永續集團工作8年，

所属は技術部です。
しょぞく　ぎじゅつぶ
sho.zo.ku.wa./ki.ju.tsu.bu.de.su.

隸屬技術部。

これまでに人事系や映像処理のシ
じんじけい　えいぞうしょり
ステム構築を経験してきました。
こうちく　けいけん
ko.re.ma.de.ni./ji.n.ji.ke.i.ya./e.i.zo.u.sho.ri.no./
shi.su.te.mu.ko.u.chi.ku.o./ke.i.ke.n.shi.te.ki.
ma.shi.ta.

過去製作過人事和影像處理相關的系統。

現在は主にスマホ関連のシステム
げんざい　おも　　　　　　　かんれん
開発に 携 わっております。
かいはつ　たずさ
ge.n.za.i.wa./o.mo.ni./su.ma.ho.ka.n.re.n.no./
shi.su.te.mu.ka.i.ha.tsu.ni./ta.zu.sa.wa.tte.o.ri.
ma.su.

現在主要進行智慧型手機相關程式開發。

プロジェクトの中ではサブリーダ
なか
ーとして現場での作業とともに
げんば　　　さぎょう
pu.ro.je.ku.to.no./na.ka.de.wa./sa.bu.ri.i.da.
a.to.shi.te./ge.n.ba.de.no./sa.gyo.u.to.to.mo.ni.

在案子裡也作為副主管，在現在的作業中，

チームのメンバーに対して作業
指示を出したり、

chi.i.mu.no./me.n.ba.a.ni./ta.i.shi.te./sa.gyo.
u.shi.i.o.da.shi.ta.ri

對同組的組員進行指示，

作業の進捗管理を行う業務も
担当しています。

sa.gyo.u.no./shi.n.cho.ku.ka.n.ri.o./o.ko.
na.u.gyo.u.mu.mo./ta.n.to.u.shi.te.i.ma.su.

並負責作的進度控管工作。

職業

實戰會話

こんにちは。陳太郎と申します。
ko.n.ni.chi.wa./chi.n.ta.ro.u.to./mo.u.shi.ma.su.
大家好，我叫陳太郎。

宜しくお願いします。
yo.ro.shi.ku./o.ne.ga.i.sh.ma.su.
請多多指教。

私は通訳をしております。
wa.ta.shi.wa./tsu.u.ya.ku.o./shi.te.o.ri.ma.su.
我的工作是翻譯。

仕事外では、サイクリング、野球
をしております。
shi.go.to.ga.i.de.wa./sa.i.ku.ri.n.gu./ya.kyu.
u.o./shi.te.o.ri.ma.su.
工作之餘，也從事自行車、棒球的活動。

こうしたスポーツを通して、自分

を高めたいと思います。
ko.u.shi.ta./su.po.o.tsu.o./to.o.shi.te./ji.bu.n.o./
ta.ka.me.ta.i.to./o.mo.i.ma.su.

我想透過這樣的運動，提升自己的能力。

通訳者として、台湾と外国の架
け橋になりたいです。
tsu.u.ya.ku.sha.to.shi.te./ta.i.wa.n.to./ga.i.ko.
ku.no.ka.ke.ha.shi.ni./na.ri.ta.i.de.su.

我的夢想是透過翻譯的工作，成為台灣和外國
的橋梁。

新進員工－歡迎會

實戰會話

本日は、私のためにこのような
お心のこもった歓迎会を催し
て下さいまして、

ho.n.ji.tsu.wa./wa.ta.shi.no.ta.me.ni./ko.no.
yo.u.na./o.ko.ko.ro.no./ko.mo.tta./ka.n.ge.i.ka.
i.o./mo.yo.o.shi.te.ku.da.sa.i.ma.shi.te.

今天大家為我辦了這麼溫馨的歡迎會，

誠に有り難うございます。

ma.ko.to.ni./a.ri.ga.to.u.go.za.i.ma.su.

真的很感謝大家。

私が会社を選ぶ際の希望は
一生をあずけられる優秀な
会社ということでございました
が、

291

wa.ta.shi.ga./ka.i.sha.o./e.ra.bu.sa.i.no.ki.bo.
u.wa./i.ssho.u.o.a.zu.ke.ra.re.ru./yu.u.shu.
u.na./ka.i.sha.to.i.u.ko.to.de./go.za.i.ma.su.

我當初選擇工作時，就希望能選擇一家能貢獻
一生的優秀公司，

こううん
幸運にもこんな素晴らしい会社の
いちいん   くわ
一員に加えていただき、

ko.u.u.n.ni.mo./ko.n.na./su.ba.ra.shi.i./ka.i.sha.
no./i.chi.i.n.ni./ku.wa.e.te.i.ta.da.ki.

很幸運能成為如此優秀公司裡的一員，

み   あま   こうえい   かんげきいた
身に余る光栄と感激致しており
ます。

mi.ni.a.ma.ru./ko.u.e.i.to./ka.n.ge.ki.i.ta.shi.te./
o.ri.ma.su.

我深感榮幸。

がっこうせいかつ   お
ようやく学校生活を終えたばかり
でございますので、

yo.u.ya.ku./ga.kko.u.se.i.ka.tsu.o./o.e.ta.ba.ka.
ri.de./go.za.i.ma.su.no.de.

因為我才剛從學校畢業，

かえって皆様の足手まといになる
かもしれません。

ka.e.tte./mi.na.sa.ma.no./a.shi.te.ma.to.i.ni.
na.ru./ka.mo.shi.re.ma.se.n.

説不定反而會造成大家的麻煩，

どうか、よろしくご指導のほど、
お願い申し上げます。

do.u.ka./yo.ro.shi.ku./go.shi.do.u.no.ho.do./
o.ne.ga.i./mo.u.shi.a.ge.ma.su.

還請大家多多指導關照。

以上、本日のみなさまのご歓待
に心からお礼を申し上げて、

i.jo.u./ho.n.ji.tsu.no./mi.na.sa.ma.no./go.ka.
n.ta.i.ni./ko.ko.ro.ka.ra./o.re.i.o./mo.shi.a.ge.te.

我由衷感謝大家對我的歡迎，在此向大家致
謝，

ご挨拶の言葉に代えさせていただ
きます。

go.a.a.o.ca.tsu.no./ko.to.ba.ni./ka.e.sa.se.te./i.ta.
da.ki.ma.su.

以感謝代替打招呼的言語。

新進員工－個性

實戰會話

皆_{みな}さんこんにちは。
mi.na.sa.n./ko.n.ni.chi.wa.
大家好。

自己紹介_{じこしょうかい}をさせて頂_{いただ}きたいと思_{おも}
います。
ji.ko.sho.u.ka.i.o./sa.se.te./i.ta.da.ki.ta.i.to./
o.mo.i.ma.su.
請容我自我介紹。

総務部_{そうむぶ}に配属_{はいぞく}になりました陳太朗_{ちんたろう}
と申_{もう}します。
so.u.mu.bu.ni./ha.i.zo.ku.ni./na.ri.ma.shi.ta./
chi.n.ta.ro.u.to./mo.u.shi.ma.su.
我是隸屬總務部的陳太朗。

タロウの「ロウ」は朗_{ほが}らかと書_かき
ます。

ta.ro.u.no.ro.u.wa./ho.ga.ra.ka.to.ka.ki.ma.su.

朗是開朗的朗。

台湾大学で経済学を専攻してい

ました。

ta.i.wa.n.da.i.ga.ku.de./ke.i.za.i.ga.ku.o./
se.n.ko.u.shi.te.i.ma.shi.ta.

在台灣大學時主修經濟。

学生時代、ずっとテニス部におり

ました。

ga.ku.se.i.ji.da.i./zu.tto./te.ni.su.bu.ni./o.ri.
ma.shi.ta.

學生時代一直都是網球社。

「悩むよりまず行動する」がモッ

トーです。

na.ya.mu.yo.ri./ma.zu.ko.u.do.u.su.ru.ga./
mo.tto.o.de.su.

我的信念是「與其煩惱不如行動」。

やる気と体力には自信がありま

す。

ya.ru.ki.to./ta.i.ryo.ku.ni.wa./ji.shi.n.ga./a.ri.
ma.su.

對幹勁和體力很有自信。

一日も早く仕事を覚えられるよう
頑張りますので、どうぞよろしく
お願いします。

i.chi.ni.ch.mo.ha.ya.ku./shi.go.to.o./o.bo.e.ra.
re.ru.yo.u./ga.n.ba.ri.ma.su.no.de./do.u.zo./
yo.ro.shi.ku.o.ne.ga.i.shi.ma.su.

為了我早日記住工作內容，我會努力的，請多
指教。

Track-C7-5

新進員工－所屬

實戰會話

このたび入社致しました陳太郎
と申します。

ko.no.ta.bi./nyu.u.sha.i.ta.shi.ma.shi.ta./chi.
n.ta.ro.u.to./mo.u.shi.ma.su.

我是剛進入公司的陳太郎。

配属先は人事部です。

ha.i.zo.ku.sa.ki.wa./ji.n.ji.bu.de.su.

隸屬於人事部。

社会人としての第一歩をこの会社
で迎えられることを本当に嬉しく
思っています。

sha.ka.i.ji.n.to.shi.te.no./da.i.i.ppo.o./ko.no.
ka.i.sha.de./mu.ka.e.ra.re.ru.ko.to.o./ho.n.to.
u.ni./u.re.shi.ku./o.mo.tte.i.ma.su.

能在這間公司踏出進社會的第一步，我感到很

高興。

仕事に慣れないうちは何かとご迷惑をおかけするかと思いますが、

shi.go.to.ni./na.re.na.i.u.ch.wa./na.ni.ka.to./go.me.i.wa.ku.o./o.ka.ke.su.ru.ka.to./o.mo.i.ma.su.ga.

在工作上手前,我想應該會造成大家一些麻煩,

ご指導のほどよろしくお願いします。

go.shi.do.u.no.ho.do./yo.ro.shi.ku./o.ne.ga.i.shi.ma.su.

還請大家多多指教。

Track-C7-6

新進員工－故鄉

實戰會話

みなさん、こんにちは。
mi.na.sa.n./ko.n.ni.chi.wa.
大家好。

人事部に配属になりました陳太郎
と申します。
ji.n.ji.bu.ni./ha.i.zo.ku.ni.na.ri.ma.shi.ta./ch.n.ta.
ro.u.to./mo.u.shi.ma.su.
我是隸屬於人事部的陳太郎。

今日は初日ということで、
kyo.u.wa./sho.ni.chi.to.i.u.ko.to.de.
今天因為是第一天上班，

朝からずっと緊張しっぱなしで
したが、
a.sa.ka.ra./zu.tto./ki.n.cho.u.shi.ppa.na.shi.
de.shi.ta.ga.

所以從早上就開始很緊張，

こうして皆さんに温かく迎えて頂き、少しホッとしております。

ko.u.shi.te./mi.na.sa.n.ni./a.ta.ta.ka.ku./mu.ka.e.te.i.ta.da.ki./su.ko.shi./ho.tto.shi.te.o.ri.ma.su.

但大家很熱情的歡迎我，讓我鬆了一口氣。

私の出身地は高雄で、

wa.ta.shi.no./shu.sshi.n.ch.wa./ta.ka.o.de.

我來自高雄，

中学生の頃からずっとバレーボールをやっていました。

chu.u.ga.ku.se.i.no./ko.ro.ka.ra./zu.tto./ba.re.e.bo.o.ru.o./ya.tte.i.ma.shi.ta.

從國中就開始打排球。

体を動かすことは本当に大好きです。

ka.ra.da.o./u.go.ka.su.ko.to.wa./ho.n.tou.ni./

da.i.su.ki.de.su.

很喜歡運動。

やる気と体力は有り余っております
ので、

ya.ru.ki.to./ta.i.ryo.ku.wa./a.ri.a.ma.tte.o.ri.
ma.su.no.de.

充滿幹勁也很有體力，

どうか思う存分鍛えて下さい。

do.u.ka/o.mo.u.zo.n.bu.n./ki.ta.e.te.ku.da.sa.i.

請大家好好訓練我。

また、スポーツは観るのもするの
も大好きですので、

ma.ta./su.po.o.tsu.wa./mi.ru.no.mo./su.ru.
no.mo.da.i.su.ki.de.su.no.de.

我也很喜歡看體育比賽，

何か楽しいお誘いがありましたら

na.ni.ka/ta.no.shi.i./o.sa.so.i.ga./a.ri.ma.shi.
ta.ra.

如果有什麼活動的話，

ぜひ声をかりてください。

ze.hi./ko.e.o./ka.ke.te./ku.da.sa.i.

也請大家邀請我。

仕事に関しましては、

shi.go.to.ni./ka.n.shi.ma.shi.te.wa.

關於工作，

皆さんに一から教えて 頂 くこと
ばかりです。

mi.na.sa.n.ni./i.chi.ka.ra./o.shi.e.te./i.ta.da.ku.
ko.to./ba.ka.ri.de.su.

大家才剛剛開始教我，

右も 左 もわからない 状 態 です
が、

mi.gi.mo./hi.da.ri.mo./wa.ka.ra.na.i.jo.u.ta.i.de.
su.ga.

我還搞不清楚狀況，

とにかく1日も早く仕事を覚えら
れるよう頑張りますので、

to.ni.ka.ku./i.chi.ni.chi.mo.ha.ya.ku./shi.go.to.
o./o.bo.e.ra.re.ru.yo.u./ga.n.ba.ri.ma.su.no.de.

但還是希望能好好努力早日熟記工作的內容，

ご指導のほどよろしくお願いします。
go.shi.do.u.no.ho.do./yo.ro.shi.ku./o.ne.
ga.i.shi.ma.su.
請大家多多指教。

新進員工-優點

實戰會話

このたび入社いたしました陳
太郎と申します。

ko.no.ta.bi./nyu.u.sha.i.ta.shi.ma.shi.ta./chi.
n.ta.ro.u.to./mo.u.shi.ma.su.

我是剛入社的陳太郎。

大学では情報学を専攻していま
した。

da.i.ga.ku.de.wa./jo.u.ho.u.ga.ku.o./se.n.ko.
u.shi.te.i.ma.shi.ta.

大學時主修資訊傳播。

システム部プログラム開発担当に
配属になりました。

shi.su.te.mu.bu./pu.ro.gu.ra.mu.ka.i.ha.tsu.
ta.n.to.u.ni./ha.i.zo.ku.ni.na.ri.ma.shi.ta.

隸屬於系統部程式開發。

どうぞ宜しくお願いします。
do.u.zo./yo.ro.shi.kuk./o.ne.ga.i./shi.ma.su.
請多多指教。

私の実家は台中市で、輸出用の
花を栽培しています。
wa.ta.shi.no.ji.kka.wa./yu.shu.tsu.yo.u.no./
ha.na.o./sa.i.pa.i.shi.te.i.ma.su.
我來自台中室，家裡是從事花的栽種和出口。

私自身も花たちと同じ温室育ち
ですので、
wa.ta.shi.ji.sh.n.mo./ha.na.ta.ch.to./o.na.ji./
o.n.shi.tsu.so.da.ch.de.su.no.de.
我也和花一樣是在溫室長大的。

社会人になったからには、職場の
皆さんには少し厳しく教育して
頂くようにと、両親から言い付
かって参りました。
sha.kai.ji.n.ni./na.tta.ka.ra.ni.wa./sho.ku.ba.
no./mi.na.sa.n.ni.wa./su.ko.shi./ki.bi.shi.ku./

kyo.u.i.ku.shi.te./i.ta.da.ku.yo.u.ni.to./ryo.u.shi.n.ka.ra./i.i.tsu.ka.tte.ma.i.ri.ma.shi.ta.

父母叫我進入社會後，要接受職場上各位嚴格的教育。

真面目で正直なところが自分の長所だと思っています。

ma.ji.me.de./sho.u.ji.ki.na.to.ko.ro.ga./ji.bu.n.no./cho.u.sho.da.to./o.mo.tte.i.ma.su.

我的優點是認真而且真誠。

仕事に慣れないうちは何かとご迷惑をおかけするかと思いますが、

shi.go.to.ni./na.re.na.i.u.chi.wa./na.ni.ka.to./go.me.i.wa.ku.o./o.ka.ke.su.ru.ka.to./o.mo.i.ma.su.ga

在工作上手前可能會造成大家的麻煩，

どうかご指導のほどよろしくお願いします。

do.u.ka./go.shi.do.u.no.ho.do./yo.ro.shi.ku./o.ne.ga.i.shi.ma.su.

還請多多指教。

新進員工－成長過程

實戰會話

みなさん、こんにちは。
mi.na.sa.n./ko.n.ni.chi.wa.

大家好。

業務部に配属になりました陳太郎
と申します。
gyo.u.mu.bu.ni./ha.i.zo.ku.ni./na.ri.ma.shi.ta./
chi.n.ta.ro.u.to./mo.u.shi.ma.su.

我是營業部的陳太郎。

大学では情報学を専攻していま
した。
da.i.ga.ku.de.wa./jo.u.ho.u.ga.ku.o./se.n.ko.
u.shi.te.i.ma.shi.ta.

大學時主修資訊傳播。

私は花蓮の出身です。
wa.ta.shi.wa../ka.re.n.no./shu.sshi.n.de.su.

我來自花蓮。

花蓮というと太魯閣が有名です
が、私の実家は単なる田舎町で

ka.re.n.to.i.u.to./ta.ro.ko.ga./yu.u.me.i.de.
su.ga./wa.ta.shi.no./ji.kka.wa./ta.n.na.ru.i.naka.
ma.shi.de.

提到花蓮，大家都會想到有名的太魯閣，但我
家其實只是在花蓮的鄉下。

周りに何もなく、のんびりと育ち
ました。

ma.wa.ri.ni./na.ni.mo.na.ku./no.n.bi.ri.to./so.da.
chi.ma.shi.ta.

附近什麼都沒有，在悠閒的環境下長大。

学生時代は台中で過ごしました
ので、

ga.ku.se.i.ji.da.i.wa./ta.i.chu.un.de./su.go.shi.
ma.shi.ta.no.de.

因為學生時代是在台中度過的，

今朝は台北の朝の通勤ラッシュの

洗礼を受けて、本当にびっくりしました。

ke.sa.wa./ta.i.pe.i.no./a.sa.no./tsu.u.ki.n.ra.sshu.no./se.n.re.i.o./u.ke.te./ho.n.to.u.ni./bi.kku.ri.shi.ma.shi.ta.

今天早上受到台北尖峰時間的洗禮，著實嚇了一跳。

田舎育ちでおっとりしたところがありますが、

i.na.ka.so.da.chi.de./o.tt.ri.shi.ta.to.ko.ro.ga./a.ri.ma.su.ga.

雖然我是在鄉下長大，個性有點溫吞，

真面目で前向きなところが私の取り柄だと思っています。

ma.ji.me.de./ma.e.mu.ki.na./to.ko.ro.ga./wa.ta.shi.no./to.ri.e.da.to./o.mo.tte.i.ma.su.

但我很認真而且正向思考，

1日も早く仕事を任せられるようになりたいと思っています。

i.chi.ni.chi.mo./ha.ya.ku./shi.go.to.o./ma.ka.
se.ra.re.ru.yo.u.ni./na.ri.ta.i.to./o.mo.tte.i.ma.
su.
希望能早日在工作上獨當一面，

どうかよろしくお願いします。
do.u.ka./yo.ro.shi.ku./o.ne.ga.i.shi.ma.su.
請大家多多指教。

Track-C7-9

新進員工－簡單問候(1)

實戰會話

はじめまして。
ha.ji.me.ma.shi.te.
初次見面。

4月から営業二課に入社いたし
ました陳太郎と申します。
shi.ga.tsu.ka.ra./e.i.gyo.u.ni.ka.ni./nyu.u.sha.
i.ta.shi.ma.shi.ta./chi.n.ta.ro.u.to./mo.u.shi.
ma.su.
我是4月開始隸屬於業務二課的陳太郎。

大学では情報学を専攻していま
した。
da.i.ga.ku.de.wa./jo.u.ho.u.ga.ku.o./se.n.ko.
u.shi.te.i.ma.shi.ta.
大學時主修資訊傳播。

まだ研修中でございますので

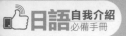

全<ruby>まった<rt></rt></ruby>く何<ruby>なに<rt></rt></ruby>かとご迷惑<ruby>めいわく<rt></rt></ruby>をおかけする
ことが多<ruby>おお<rt></rt></ruby>いと思<ruby>おも<rt></rt></ruby>いますが、

ma.da./ke.n.shu.u.chu.u.de..go.za.i.ma.su.no.
de./ma.tta.ku./na.ni.ka.to./go.me.i.wa.ku.o./
o.ka.ke.su.ru.o.go.ga.o.o.i.to./o.mo.i.ma.su.ga.

因為現在還在實習中，應該會造成大家的麻
煩，

ご指導<ruby>しどう<rt></rt></ruby>の程<ruby>ほど<rt></rt></ruby>、よろしくお願<ruby>ねが<rt></rt></ruby>い申<ruby>もう<rt></rt></ruby>し
上<ruby>あ<rt></rt></ruby>げます。

go.shi.do.u.no.ho.do./yo.ro.shi.ku./o.ne.
ga.i.mo.u.shi.a.ge.ma.su.

請多多指教包涵。

新進員工－簡單問候(2)

實戰會話

はじめまして。
ha.ji.me.ma.shi.te.
初次見面。

4月から技術部に入社いたしました陳太郎と申します。
shi.ga.tsu.ka.ra./gi.ju.tsu.bu.ni./nyu.u.sha.i.ta.
shi.ma.shi.ta./chi.n.ta.ro.u.to./mo.u.shi.ma.su.
我是4月開始隸屬於技術部的陳太郎。

台湾大学出身で、専門は化学でした。
ta.i.wa.n.da.i.ga.ku.shu.sshi.n.de./se.n.mo.
n.wa./ka.ga.ku.de.shi.ta.
我畢業於台灣大學，主修化學。

私自身すべてにおいてまだ勉強中でございますが、

wa.ta.sh.ji.shi.n./su.be.te.ni./o.i.te./ma.da./
be.n.kyo.u.chu.u.de.go.za.i.ma.su.ga.

現在一切都還在學習當中，

どうぞご指導_{しどう}のほどよろしくお願_{ねが}
い申_{もう}し上_あげます。

do.u.zo./go.shi.do.u.no.ho.do./yo.ro.shi.ku./
o.ne.ga.i./mo.u.shi.a.ge.ma.su.

還請多多指教包涵。

Track-C7-11

新進員工－簡單問候(3)

實戰會話

初めまして。
ha.ji.me.ma.shi.te.
初次見面。

今日からこちらの人事部に配属に
なりました、
kyo.u.ka.ra./ko.chi.ra.no./ji.n.ji.bu.ni./ha.i.zo.
ku.ni./na.ri.ma.shi.ta.
我是從今天開始隸屬於人事部，

新人の陳太郎と申します。
shi.n.ji.n.no./chi.n.ta.ro.u.to./mo.u.shi.ma.su.
新人陳太郎。

大学では情報学を専攻していま
した
da.i.ga.ku.de.wa./jo.u.ho.u.ga.ku.o./se.n.ko.
u.shi.te.i.ma.shi.ta.

大學時主修資訊傳播。

もちろんこの仕事は初めてです
し、

mo.chi.ro.n./ko.no.shi.go.to.wa./ha.ji.me.te.
de.su.shi.

這是我的第一份工作，

まだ分からないことだらけです
が、

ma.da.wa.ka.ra.na.i.ko.to./da.ra.ke.de.su.ga.

不懂的事情非常多，

先輩たちを見習って早く仕事を覚
えたいと思っています。

se.n.pa.i.ta.chi.o./mi.na.ra.tte./ha.ya.ku./shi.
go.to.o./o.bo.e.ta.i.to./o.mo.tte.i.ma.su.

但我會向前輩們學習，希望早日記住工作的事
項，

精いっぱい努めますので、

se.i.i.ppa.i./tsu.to.me.ma.su.no.de.

並且盡最力的努力，

ご指導のほど、よろしくお願い
たします。
go.shi.do.u.no.ho.do./yo.ro.shi.ku./o.ne.
ga.i.i.ta.shi.ma.su.
請多多指教包涵。

新進員工－大學主修

實戰會話

今日からお世話になります。
きょう　　　　　　　　せ　わ
kyo.u.ka.ra./o.se.wa.ni./na.ri.ma.su.

我是從今天開始進入公司，

陳太郎と申します。
ちんたろう　　　もう
chi.n.ta.ro.u.to./mo.u.shi.ma.su.

我叫陳太郎。

台湾大学出身で、専門は化学で
たいわんだいがくしゅっしん　　　せんもん　かがく
した。
ta.i.wa.n.da.i.ga.ku.shu.sshi.n.de./se.n.mo.
n.wa./ka.ga.ku.de.shi.ta.

我畢業於台灣大學，主修化學。

早く即戦力になれるよう一生
はや　そくせんりょく　　　　　　　　いっしょう
懸命頑張ります。
けんめいがんば
ha.ya.ku./so.ku.se.n.ryo.ku.ni./na.re.ru.yo.u./
i.ssho.u.ke.n.me.i.ga.n.ba.ri.ma.su.

為了早日成為即戰力，我會盡力，

皆<ruby>み<rt>な</rt></ruby>さんにご<ruby>迷惑<rt>めいわく</rt></ruby>をおかけすること

もあると<ruby>思<rt>おも</rt></ruby>いますが、

mi.na.sa.n.ni./go.me.n.wa.ku.o./o.ka.ke.su.

ru.ko.to.mo.a.ru.to./o.mo.i.ma.su.ga.

未來可能會造成大家一些困擾，

<ruby>何卒<rt>なにとぞ</rt></ruby>よろしくお<ruby>願<rt>ねが</rt></ruby>いします。

na.ni.to.zo./yo.ro.shi.ku./o.ne.ga.i./shi.ma.su.

還請多多包涵。

CHAPTER.08

實戰
範例篇

實習

私は...

所屬大學

實戰會話

初めまして。本日から1週間お世話になります。

ha.ji.me.ma.shi.te./ho.n.ji.tsu.ka.ra./i.sshu.u.ka.n./o.se.wa.ni.na.ri.ma.su.

初次見面，從今天開始要打擾大家一個星期。

台湾大学経済学部の陳太郎です。

ta.i.wa.n.da.i.ga.ku./ke.i.za.i.ga.ku.bu.no./chi.n.ta.ro.u.de.su.

我是台灣大學經濟系的陳太郎。

皆さんにご迷惑をおかけすることもあると思いますが、

mi.na.sa.n.ni./go.me.n.wa.ku.o./o.ka.ke.su.ru.ko.to.mo.a.ru.to./o.mo.i.ma.su.ga.

未來可能會有麻煩各位的地方，

いっしょうけんめいがんば
一 生 懸 命 頑張りますので宜しく
ねが　もう　あ
お願い申し上げます。
i.ssho.u.ke.n.me.i./ga.n.ba.ri.ma.su.no.de./
yo.ro.shi.ku./o.ne.ga.i./mo.u.shi.a.ge.ma.su.
我會拚命努力，請多多指教。

簡單自我介紹(1)

實戰會話

初_{はじ}めまして。本日_{ほんじつ}から1週間_{しゅうかん}お世話_{せわ}になります。

ha.ji.me.ma.shi.te./ho.n.ji.tsu.ka.ra./i.sshu.u.ka.n./o.se.wa.ni.na.ri.ma.su.

初次見面，我是從今天開始在這裡打擾1週，

台湾大学経済学部_{たいわんだいがくけいざいがくぶ}の陳太郎_{ちんたろう}です。

ta.i.wa.n.da.i.ga.ku./ke.i.za.i.ga.ku.bu.no./chi.n.ta.ro.u.de.su.

台灣大學經濟系的陳太郎。

まだまだ未熟者_{みじゅくもの}なのでまずは王_{おう}先生_{せんせい}のマネをすることから始_{はじ}めたいと思_{おも}っています。

ma.da.ma.da./mi.ju.ku.mo.no.na.no.de./ma.zu.wa./o.u.se.n.se.i.on./ma.ne.o.su.ru.ko.to.ka.

ra./ha.ji.me.ta.i.to./o.mo.tte.i.ma.su.

我還只是初出茅蘆，所以想先學習王老師的做法，

一生懸命頑張りますので宜しく
お願い申し上げます。

i.ssho.u.ke.n.me.i.ga.n.ba.ri.ma.su.no.de./
yo.ro.shi.ku./o.ne.ga.i./mo.u.shi.a.ge.ma.su.

我會好好努力的，請大家多多指教。

簡單自我介紹(2)

實戰會話

はじめまして。
ha.zi.me.ma.si.te.
初次見面。

4月から広報部に入社いたしました陳太郎と申します。
shi.ga.tsu.ka.ra./ko.u.ho.u.bu.ni./nyu.u.sha.i.ta.
shi.ma.shi.ta./chi.n.ta.ro.u.to.mo.u.shi.ma.su.
我是4月開始進入公關部的陳太郎。

大学では情報学を専攻していました
da.i.ga.ku.de.wa./jo.u.ho.u.ga.ku.o./se.n.ko.
u.shi.te.i.ma.shi.ta.
大學時主修資訊傳播。

まだ研修中でございますので全く何かとご迷惑をおかけする

ことが<ruby>多<rt>おお</rt></ruby>いと<ruby>思<rt>おも</rt></ruby>いますが、

ma.da.ke.n.shu.u.chu.u.de./go.za.i.ma.su.no.
de./ma.tta.ku./na.ni.ka.to./go.me.i.wa.ku.o./
o.ka.ke.su.ru.ko.to.ga.o.o.i.to./o.mo.i.ma.
su.ga.

現在還在實習中，什麼都不懂。我想可能會有
造成大家困擾的地方，

ご<ruby>指導<rt>しどう</rt></ruby>の<ruby>程<rt>ほど</rt></ruby>、よろしくお<ruby>願<rt>ねが</rt></ruby>い<ruby>申<rt>もう</rt></ruby>し
<ruby>上<rt>あ</rt></ruby>げます。

go.shi.do.u.no.ho.do./yo.ro.shi.ku./o.ne.
ga.i.mo.u.shi.a.ge.ma.su.

還請多多指教包涵。

實習老師

實戰會話

おはようございます。
o.ha.yo.u./go.za.i.ma.su.
早安。

はじめまして。
ha.ji.me.ma.shi.te.
初次見面。

陳太郎と申します。
chi.n.ta.ro.u.to./mo.u.shi.ma.su.
我叫陳太郎。

先生になるための勉強をするためにこの学校にやってきました。
se.n.se.i.ni./na.ru.ta.me.no./be.n.kyo.u.o.su.ru.ta.me.ni./ko.no.ga.kko.u.ni./ya.tte.ki.ma.shi.ta.
為了要成為老師，所以到這間學校來。

今日から8月11日までみなさんと

いっしょ　べんきょう
一緒に勉強しますのでよろしく
ねが
お願いします。

kyo.u.ka.ra./ha.chi.ga.tsu./ju.u.i.chi.ni.chi.
ma.de./mi.na.sa.n.to./i.ssho.u.ni./be.n.kyo.
u.shi.ma.su.no.de./yo.ro.shi.ku.o.ne.ga.i.shi.
ma.su.

從今天開始到8月11日，我會和大家一起學習。
請多多指教。

目標

實戰會話

みなさん、こんにちは。
mi.na.sa.n./ko.n.ni.chi.wa.
大家好。

台中支店に配属になりました陳
太郎と申します。
ta.i.chu.n.shi.te.n.ni./ha.i.zo.ku.ni./na.ri.ma.shi.
ta./chi.n.ta.ro.u.to./mo.u.shi.ma.su.
我是隸屬於台中分店的陳太郎。

どうぞよろしくお願いします。
do.u.zo./yo.ro.shi.ku./o.ne.ga.i.sh.ma.su.
請多多指教。

学生時代の4年間は、ボランティ
アでさまざまな地域貢献の活動を
してきました。
ga.ku.se.i.ji.da.i.no./yo.ne.n.ka.n.wa./bo.ra.n.ti.

a.de./sa.ma.za.ma.na./chi.i.ki.ko.u.ge.n.no./
ka.tsu.do.u.o./shi.te.ki.ma.shi.ta.

學生時代，曾經有4年的時間進行地方貢獻的志工活動。

この研修での自分の目標は、この会社の社員としての基礎教育をしっかり受け、

ko.no.ke.n.shu.u.de.no./ji.bu.n.no.mo.ku.hyou.
u.wa./ko.no.ka.i.sha.no.sha.i.n.to.shi.te.no./
ki.so.kyo.u.i.ku.o./shi.kka.ri.u.ke.

在這次的實習，我的目標是確實學習公司員工的基礎教育，

業務上での知識を得て、研修終了の時には「なんらかの糧」を得ることと、

gyo.u.mu.jo.u.de.no.chi.shi.ki.o./e.te./ke.n.shu.
u.shu.u.ryo.u.no.to.ki.niwa./na.n.ra.ka.no.
ka.te./o.e.ru.ko.to.to.

學習業務上的知識，在實習結束時能夠得到一些成長。

もうひとつは、研修期間を通して同期のみんなときちんとした仲間組織を作ることです。

mo.u.hi.to.tsu.wa./ke.n.shu.u.ki.ka.n./o.to.o.shi.te./do.u.ki.no./mi.n.na.to./ki.chi.n.to.shi.ta./na.ka.ma.so.shi.ki.o.tsu.ku.ru.ko.to.de.su.

另外，希望在實習期間和同期的各位打好關係，

この研修を計画してくださった先輩方のためにも、

ko.no./ke.n.shu.u.o./ke.i.ka.ku.shi.te./ku.da.sa.tta./se.n.pa.i.ga.ta.no./ta.me.ni.mo.

為了企畫這次實習的前輩們，

必ず成果を得て次につなげたいと思っています。

ka.na.ra.zu./se.i.ka.o./e.te./tsu.gi.ni./tsu.na.ge.ta.i.to./o.mo.tte./i.ma.su.

我希望研習能得到成功，以進行下一步。

皆さんにご迷惑をおかけすること

もあると思いますが、
mi.na.sa.n.ni./go.me.n.wa.ku.o./o.ka.ke.su.
ru.ko.to.mo.a.ru.to./o.mo.i.ma.su.ga.
未來可能會有麻煩各位的地方，

どうぞよろしくお願いします。
do.u.zo./yo.ro.shi.ku./o.ne.ga.i.shi.ma.su.
請多多指教。

勤加練習，
用日語自我介紹不再是難事！！

CHAPTER.09

實戰
範例篇

入學面試

私は...

高中社團、個性

實戰會話

私は高校での3年間、演劇部に所属し、3年生のときは部長を務めました。

wa.ta.shi.wa./ko.u.ko.u.de.no./sa.n.ne.n.ka.n./e.n.ge.ki.bu.ni./sho.zo.ku.shi./sa.n.ne.n.se.i.no.to.ki.wa./bu.cho.u.o./tsu.to.me.ma.shi.ta.

我在高中3年，都是參加戲劇社。3年級的時候擔任社長。

部長を務めたことによって、イベントの企画や実践、他校との連携などを調整する役目が得意なことに気がつきました。

bu.cho.u.o./tsu.to.me.ta.ko.to.ni./yo.tte./i.be.n.to.no./ki.ka.ku.ya./ji.sse.n./ta.ko.u.to.no./re.n.ke.i.na.do.o./cho.u.se.i.su.ru./ya.ku.

me.ga./to.ku..i.na.ko.to.ni./ki.ga.tsu.ki.ma.shi.
ta.
透過社長的工作，發現自己擅長活動企畫、和
其他學校合作等協調工作。

私 は、みんなが気持ちよく楽し
く部活ができるよう、どうしたら
いいか 考 えて、意見がある人、
1人1人の 話 をじっくり聞くこと
を実践しました。
wa.ta.shi.wa./mi.n.na.ga./ki.mo.chi.yo.ku./
ta.no.shi.ku./bu.ka.tsu.ga./de.ki.ru.yo.u./
do.u.shi.ta.ra./i.i.ka./ka.n.ga.e.te./i.ka.n.ga./
a.ru.hi.to./hi.to.ri./hi.to.ri.no.ha.na.shi.o./ji.kku.
ri.ki.ku.ko.to.o./je.sse.n.shi.ma.shi.ta.
我為了讓大家都能快樂的參與社團活動，想了
很多。同時也聽取每個人的意見。

そのことによって、自分も忍
耐 力がつきましたし、相手の
立場になって 考 えることをよく

学べたと思います。

so.no.ko.to.ni.yo.tte./ji.bu.n.mo./ni.n.ta.i.ryo.ku.ga./tsu.ki.ma.shi.ta.shi./a.i.te.no./ta.chi.ba.ni.na.tte./ka.n.ga.e.ru.ko.to.o./yo.ku.ma.na.be.ta.to./o.mo.i.ma.shi.ta.

透過這些事，培養了忍耐力，以及學習站在對方的立場著想。

貴校の心理学部では、高校の部活動での経験を踏まえて、さらに人の心理について、深く勉強したいと思っております。

ki.ko.u.no./shi.n.ri.ga.ku.bu.de.wa./ko.u.ko.u.no./bu.ka.tsu.do.u.de.no./ke.i.ke.n.o./fu.ma.e.te./sa.ra.ni./hi.to.no./shi.n.ri.ni./tsu.i.te./fu.ka.ku./be.n.kyo.u.shi.ta.i.to./o.mo.tte./o.ri.ma.su.

我希望在貴校的心理系，利用高中社團的經驗，更深入了解人的心理。

Track-CG-7

興趣、目標

實戰會話

私 は1年生の初めから文芸部に
入 部し、小 説をたくさん読んで
きました。

wa.ta.shi.wa./i.chi.ne.n.se.i.no./ha.ji.me.ka.ra./
bu.n.ge.i.bu.ni./nyu.u.bu.shi./sho.u.se.tsu.o./
ta.ku.sa.n./yo.n.de.ki.ma.shi.ta.

我在1年級時參加了文學部，讀了很多小説。

今は児童文学に一番興味があり
ます。

i.ma.wa./ji.do.u.bu.n.ga.ku.ni./i.chi.ba.n./kyo.
u.mi.ga./a.ri.ma.su.

現在最有興趣的是兒童文學。

作家になることをめざして、この
アカデミックで進んでいる永続
高校で学びたいと思い、応募しま

した。
sa.kka.ni./na.ru.ko.to.o./ma.za.shi.te./ko.no.
a.ka.de.mi.kku.de./su.su.n.de.i.ru./e.i.zo.ku.ko.
ko.u.de./ma.na.bi.ta.i.to./o.mo.i./o.u.bo.shi.
ma.shi.ta.

為了成為作家，我想要在這個領域十分著名的
永續高中學習，於是申請了貴校。

にゅうがく　　　　　　　　　　ぶかつ
入 学できたら、部活はもちろん
でんとう　　　ぶんげいぶ　　にゅうぶ
伝 統ある文芸部に入部します。
nyu.u.ga.ku.de.ki.ta.ra./bu.ka.tsu.wa./mo.chi.
ro.n./de.n.to.u.a.ru./bu.n.ge.i.bu.ni./nyu.u.bu.
shi.ma.su.

如果能夠順利入學，社團活動當然也是參加具
有傳統的文學部。

ね　が
どうぞよろしくお願いします。
do.u.zo./yo.ro.shi.ku./o.ne.ga.i.shi.ma.su.
請多多指教。

優缺點

實戰會話

中学の先生や両親からほめられる「ねばり」が長所だと思います。

chu.u.ga.ku.no./se.n.se.i.ya./ryo.u.shi.n.ka.ra./
ho.me.ra.re.ru./ne.ba.ri.ga./cho.u.sho.da.to./
o.mo.i.ma.su.

國中老師和父母常常稱讚我很有毅力,這是我的優點。

短所は何かに集中すると他(ほか)のことが目に入らなくなってしまうことです。

ta.n.sho.wa./na.ni.ka.ni./shu.u.chu.u.su.ru.to./
ho.ka.no.ko.to.ga./me.ni.ha.i.ra.na.ku.na.tte./
shi.ma.u.ko.to.de.su.

缺點就是一旦集中注意力,眼中就看不到其他事務。

興趣

實戰會話

私(わたし)の趣味(しゅみ)はインターネットです。

wa.ta.shi.no./shu.mi.wa./i.n.ta.a.ne.tto.de.su.

我的興趣是上網。

小学生(しょうがくせい)の時(とき)に父(ちち)に教(おそ)わってから夢中(むちゅう)になり、

sho.u.ga.ku.se.i.no./to.ki.ni./chi.chi.ni./o.so.wa.tte.ka.ra./mu.chu.u.ni./na.ri.

自從小學時代，爸爸教我之後，我就愛上它了。

ニュースや雑学(ざつがく)のサイトなどを良(よ)く見(み)ております。

nyu.u.su.ya./za.tsu.ga.ku.no./sa.i.to.na.do.o./yo.ku./mi.te.o.ri.ma.su.

經常看新聞和知識性的網頁。

Track-CG-5

喜歡討厭的科目

實戰會話

子供のころから料理をすること
が好きだったので家庭科が得意で
す。

ko.do.mo.no./ko.ro.ka.ra./ryo.u.ri.o./su.ru.ko.to.
ga./su.ki.da.tta.no.de./ka.te.i.ka.ga./to.ku..i.de.
su.

我從小就喜歡煮菜，所以擅長家政。

体育は得意ではありません。
ta.i.i.ku.wa./to.ku.i.de.wa./a.ri.ma.se.n.

體育也不行。

どうも運動神経がないようです。
do.u.mo./u.n.do.u.shi.n.ke.i.ga./na.i.yo.u.de.su.

我想應該是我沒有運動神經吧。

目標

實戰會話

卒業後に何をするかは、まだ決め
ていません。

so.tsu.gyo.u.go.ni./na.ni.o./su.ru.ka.wa./ma.da.
ki.me.te./i.ma.se.n.

我還沒決定畢業後要做什麼。

こちらの学校に在学中に、さま
ざまな先生や先輩そして友達と
ふれあう中で、

ko.chi.ra.no./ga.kko.u.ni./za.i.ga.ku.chu.u.ni./
sa.ma.za.ma.na./se.n.se.i.ya./se.n.pa.i./so.shi.
te./to.mo.da.chi.to./fu.re.a.u.na.ka.de./

我想在就讀貴校時，透過和各種老師、學長姊
和朋友接觸

自分自身の将来についてじっく
り考えていきたいと思っており

ます。
ji.bu.n.ji.shi.n.no./sho.u.ra.i.ni./tsu.i.te./ji.kku.ri./
ka.n.ga.e.te.i.ki.ta.i.to./o.mo.tte./o.ri.ma.su.
仔細思考自己的未來。

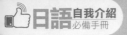

個性、興趣、目標

實戰會話

私 は台北高校 出 身の陳太郎と
申します。

wa.ta.shi.wa./ta.i.pe.i.ko.u.ko.u./shu.sshi.n.no./
chi.n.ta.ro.u.to./mo.u.shi.ma.su.

我是台北高中畢業的陳太郎。

性格はおとなしく付き合いやすい
とよく言われますが、

se.i.ka.ku.wa./o.to.na.shi..ku./tsu.ki.a.i.ya.
su.i.to./yo.ku.i.wa.re.ma.su.ga.

雖然我常被説個性老實容易相處，

勉 強 に関 しては、いつも
一 生 懸命に打ち込むタイプで
す。

be.n.kyo.u.ni.ka.shi.te.wa./i.tsu.mo./i.ssho.
u.ke.n.me.i.ni./u.chi.ko.mu.ta.i.pu.de.su.

但對於念書這件事，我就屬於全心投入的類型。

趣味は読書と文章を書くことです。

shu.mi.wa./do.ku.sho.to./bu.n.sho.u.o./ka.ku.ko.to.de.su.

我的興趣是念書和寫文章。

貴校に入学し、翻訳と文章作成のスキルを向上させたいと思います。

ki.ko.u.ni./nyu.u.ga.ku.shi./ho.n.ya.ku.to./bu.n.sho.u.sa.ku.se.i.no./su.ki.ru.o./ko.u.jo.u.sa.se.ta.i.to./o.mo.i.ma.su.

希望能進入貴校，增進自己翻譯和作文的技巧。

國家圖書館出版品預行編目資料

日語自我介紹必備手冊 / 雅典日研所企編. -- 初版.
-- 新北市：雅典文化，民101.09
面；　公分. -- (全民學日語；20)
ISBN 978-986-6282-66-9(平裝附光碟片)
1. 日語 2. 會話
803.188   101014498

全民學日語系列　20

日語自我介紹必備手冊

編著／雅典日研所
責編／許惠萍
美術編輯／林子凌
封面設計／劉　基

法律顧問：方圓法律事務所／涂成樞律師

總經銷：永續圖書有限公司
永續圖書線上購物網
www.foreverbooks.com.tw

CVS代理／美璟文化有限公司
TEL：（02）2723-9968
FAX：（02）2723-9668

出版日／2012年09月

 雅典文化

出版社

22103　新北市汐止區大同路三段194號9樓之1
TEL　（02）8647-3663
FAX　（02）8647-3660

日語自我介紹必備手冊

雅致風靡　典藏文化

親愛的顧客您好，感謝您購賞這本書。

為了提供您更好的服務品質，煩請填寫下列回函資料，您的支持是我們最大的動力。

您可以選擇傳真、掃描或用本公司準備的免郵回函寄回，謝謝。

姓名：		性別：	□男　□女
出生日期：　年　　月　　日		電話：	
學歷：		職業：	□男　□女
E-mail：			
地址：□□□			
從何得知本書消息：□逛書店 □朋友推薦 □DM廣告 □網路雜誌			
購買本書動機：□封面 □書名 □排版 □內容 □價格便宜			
你對本書的意見： 內容：□滿意□尚可□待改進　編輯：□滿意□尚可□待改進 封面：□滿意□尚可□待改進　定價：□滿意□尚可□待改進			
其他建議：			

總經銷：永續圖書有限公司

永續圖書線上購物網
www.foreverbooks.com.tw

您可以使用以下方式將回函寄回。

您的回覆，是我們進步的最大動力，謝謝。

① 使用本公司準備的免郵回函寄回。

② 傳真電話：（02）8647-3660

③ 掃描圖檔寄到電子信箱：

　　yungjiuh@ms45.hinet.net

沿此線對折後寄回，謝謝。

廣 告 回 信

基隆郵局登記證

基隆廣字第056號

221-03

 雅典文化事業有限公司　收

新北市汐止區大同路三段194號9樓之1

雅致風靡　典藏文化